CINQ CENT
MILLE FRANCS
DE RENTE

ROMAN DE MŒURS

PAR

LE DR L. VÉRON

I

PARIS
LIBRAIRIE NOUVELLE

BOULEVARD DES ITALIENS, 15, EN FACE DE LA MAISON DORÉE.

—

1855

CINQ CENT

MILLE FRANCS

DE RENTE

3914

PARIS. — TYP. DONDEY-DUPRÉ, RUE SAINT-LOUIS, 46.

CINQ CENT

MILLE FRANCS

DE RENTE

ROMAN DE MŒURS

PAR

LE DR L. VÉRON

I

PARIS

LIBRAIRIE NOUVELLE

BOULEVARD DES ITALIENS, 15, EN FACE DE LA MAISON DORÉE.

1855

I

1

Une Scène de famille.

Vers 1828, dans une des rues du faubourg
Poissonnière , un honnête homme se fit
banquier.

Cette nouvelle maison de banque s'était
imposé les règles de conduite les plus sé-

vères; elle voulait choisir et limiter ses
opérations de finances; elle ne devait se
charger que de recouvrements d'effets sur
la province, avec escompte et droit de com-
mission, de dépôts d'argent, ou d'avances
de fonds sur de bonnes valeurs; spéculations industrielles, jeux de Bourse, devaient
surtout lui être interdits.

A défaut de la célébrité que donnent
vite les grandes affaires et les hautes relations, la maison Picard (ainsi s'appelait le
fondateur et le chef de cet établissement)
mérita et obtint bientôt une réputation
d'ordre et de probité.

Tout y était simple et modeste.

Adolphe Picard avait commencé sa vie

dans des conditions assez humbles; on peut dire de lui ce qu'on se plaît à répéter de beaucoup d'enrichis et de parvenus:

« Il vint à Paris en sabots. »

Son père tenait une maison d'épicerie dans un chef-lieu d'arrondissement du département de la Seine-Inférieure; entraîné par les idées nouvelles de 89 qui émancipaient la bourgeoisie, cet épicier libéral fit des sacrifices pour donner à son fils unique une certaine instruction.

C'est ce grand mouvement politique et social de 89 qui a élevé le niveau des intelligences dans notre pays; c'est 89 qui a donné à la France tant d'esprits éminents et, il faut

le dire aussi, tant d'ambitions effrénées qui
ont agité et qui agiteront encore le dix-
neuvième siècle.

On apprit au jeune Adolphe à lire et à
écrire; on lui apprit même l'orthographe,
même un peu de latin, et beaucoup d'arith-
métique.

Dans sa petite ville, Adolphe Picard passait pour un savant; les fortes têtes de l'en-
droit disaient qu'il irait loin.

Dès que ce jeune savant de province attei-
gnit l'âge de dix-huit ans, il ne songea plus,
comme tant d'autres, qu'à trottiner dans
les boues de Paris. Le jour de son départ, il
reçut de sa mère deux louis d'or, et on lui

souhaita toutes les prospérités qu'on avait rêvées pour lui. Nul ne doutait de ses succès et de sa fortune.

A son arrivée à Paris, il se plaça comme commis chez un épicier en gros de la rue de la Verrerie, auquel son père l'avait recommandé; c'était là, pour parvenir à la richesse, le chemin le plus long, mais peut-être le plus sûr. Il y fut initié à cet art merveilleux de trouver des centaines de mille francs dans des bénéfices et des économies de centimes. Comme M. Jacques Laffitte dans sa jeunesse, Picard était capable de se baisser dans la rue pour ramasser une épingle.

Bientôt il se fit courtier *marron* de marchandises; dans ses relations d'affaires il montra tant de droiture et d'intelligence, qu'il put en quelques années, par la multiplicité des ventes et des achats dont le chargeait sa nombreuse clientèle, mettre de côté loyalement la somme considérable de deux cent mille francs.

Picard perdit son père et sa mère, qui ne lui laissèrent qu'une succession des plus modiques.

Né en 1804, il comptait à peine vingt-cinq ans lorsqu'il se maria; celle qui lui avait inspiré son premier amour devint sa femme.

Ce fut alors que, déjà très-connu dans le

petit commerce de Paris, il songea à fonder sa modeste maison de banque.

Sa femme, jeune orpheline, lui apporta pour dot cent mille francs, dont elle hérita pour toute fortune; total : trois cent mille francs dans la communauté.

Madame Picard, que son mari n'appelait jamais que par son petit nom : *Constance*, était une charmante personne, bien élevée, instruite, fort entendue; chez elle l'intelligence, la religion du devoir, le goût du travail, je dirai presque le goût des affaires, s'alliaient à des grâces naturelles.

Orpheline dès son bas âge, élevée au fond d'une petite ville de la Seine-Inférieure, où

Picard l'avait connue tout enfant, Constance
avait dû à l'esprit et surtout au bon cœur
d'une vieille parente une forte et sainte éducation.

Dans les premières années de ce jeune ménage, — si un bordereau d'effets à escomp-
ter vous eût amené dans les bureaux de la
maison Picard, vous eussiez surpris, pen-
chée sur un énorme registre de comptes
courants, une jeune femme, la plume à la
main, portant un court tablier noir, des
manches de soie attachées au-dessus du
coude, et travaillant, travaillant toujours :
c'était madame Picard.

Dans cette attitude de commis, dans
cette tenue d'expéditionnaire, Constance se

montrait séduisante presque à son insu.

A Paris surtout, dans plus d'une grande maison de commerce, les femmes prennent la part la plus active aux affaires, s'en préoccupent avec passion, les surveillent et les dirigent avec intelligence. Leur esprit net et positif, leurs manières d'une décence agréable, leur élégance modeste, qui seraient peut-être dépaysés, mal à l'aise dans un salon, plaisent et réussissent dans la situation qu'elles se sont faite. Acheteurs de tout rang, petite bourgeoise ou duchesse, sont traités par elles avec tact, avec convenances, avec les nuances les plus fines. La tenue réservée, les mœurs simples et sévères de ces femmes laborieuses, en même temps qu'elles sont de bons exemples pour leur intérieur, inspirent au dehors confiance, estime et respect.

Des cheveux noirs, soyeux, mais difficile-
ment contenus, bien que plusieurs fois re-
pliés et contournés sur eux-mêmes, couron-
naient le large front de Constance, un front
d'un blanc mat ; ses grands yeux d'un bleu
clair, d'une expression douce et tendre,
semblaient protégés par des sourcils et des
cils noirs. On pouvait observer en elle une
grande distance entre l'extrémité des sourcils
et la naissance des cheveux sur les tempes :
signe extérieur de l'esprit d'ordre, d'après
les partisans du système de Gall.

Cette physionomie un peu mélancolique
souriait rarement ; mais elle souriait toujours avec esprit, avec un fin à-propos, et

alors elle s'illuminait de tout l'éclat d'une
bouche aux lèvres fraîches qui laissaient
voir des dents blanches, petites et *épaisses*.

Une mise toujours simple ne donnait que
plus de relief à l'élégance sympathique, à la
taille harmonieuse de cette jeune femme sans
rétention.

A la première vue, Louis XIV s'extasia
devant un des petits mérites de la duchesse
de Bourgogne : *elle savait manger !* Constance
savait s'asseoir, se lever, marcher comme
une duchesse de Bourgogne.

Chez la femme surtout, la grâce dans les
attitudes atteste les plus heureuses propor-
tions, des attaches fines et délicates ; certai-

nes poses, certaines contenances naturelles
révèlent même du goût, de l'esprit et quelquefois jusqu'à un sentiment de vertu et de
dignité.

Tous ces attraits féminins auxquels on
s'efforce de suppléer quand ils font défaut,
Constance cherchait presque à les dissimuler;
elle ne voulait plaire qu'à un seul, à son mari,
et elle se montrait pleine de confiance dans
la durable affection de celui qu'elle aimait et
qui l'avait aimée presque dès l'enfance ; toute
sa coquetterie, c'était le luxe d'une minutieuse propreté.

La place qui lui était réservée dans les
bureaux se reconnaissait à l'ordre, à la
netteté de toutes choses ; à cette place, dans

un élégant petit vase d'étagère, s'épanouissait chaque jour une fleur nouvelle. Picard savait trouver chaque matin pour Constance la fleur la plus charmante de la saison : une rose, un dahlia, un camélia, une touffe de violettes. Les fleurs que lui donnait son mari étaient les seuls bijoux dont Constance aimât à se parer.

Cet intérieur calme, modeste, ne manquait cependant point de gaieté ; des distractions, des plaisirs peu coûteux suffisaient pour tempérer les soucis des affaires.

Toute question entre le mari et la femme était précédée de ces petits noms : *Adolphe*, *Constance*, prononcés avec des inflexions de voix toujours affectueuses et tendres ; plus

d'une fois même, Constance était distraite
d'une *addition* ou de la lecture de son *courrier*
par un baiser qu'elle recevait de son mari
avec une dignité charmante, avec un bonheur contenu.

Les difficultés, les tracas inséparables de
nombreuses affaires, jetaient bien parfois
quelques nuages passagers sur le riant ho-
rizon des jeunes époux ; mais les peines à
deux pèsent moins sur le cœur : deux âmes
étroitement unies résistent presque gaiement à des malheurs qu'ils peuvent réparer
ensemble.

On se plaisait au travail dans la maison
Picard ; mais on n'y était pas pressé de faire
fortune.

La régularité, l'exactitude dans la correspondance, dans les comptes et bordereaux, agrandirent bientôt le cercle des relations et le chiffre des affaires.

Très-peu de temps après son mariage,
Constance mit au monde, à un an de distance, deux jolis enfants : un garçon et une
fille. Cette maison semblait bénie ! On leur
donna les noms de Blanche et d'Anatole.
Anatole était l'aîné.

Des devoirs, des soins nouveaux tinrent
la mère de famille un peu plus éloignée des
affaires de la maison de banque, dont la
prospérité croissante avait d'ailleurs déjà
rendu nécessaire la collaboration de cinq
ou six commis aux écritures.

Les petits événements auxquels nous faisons assister le lecteur se passaient en 1851.

La maison Picard avait toujours dirigé ses relations commerciales avec tant de prudence; elle s'était abstenue avec tant de persévérance de toute équivoque entreprise, qu'il lui fut facile de lutter contre deux révolutions, celle de 1830 et celle de 1848, sans que son crédit eût chancelé, sans qu'elle eût cessé un seul jour de payer à bureau ouvert.

Un soir, — une belle soirée d'été, — vers les dix heures, après une journée bien remplie par le travail et par les affaires, madame Picard retint son mari près d'elle, dans un boudoir dont les fenêtres donnaient sur le

jardin d'une maison voisine. Une des portes
de ce boudoir s'ouvrait dans la petite chambre de jeune fille réservée à Blanche. L'entretien des deux époux devait être sérieux
et solennel : il s'agissait d'un secret et d'un
aveu. Constance s'approcha de son mari ;
tous deux étaient émus.

— Qu'as-tu donc à m'apprendre, ma
chère amie, dit Picard, en serrant dans les
siennes les mains de sa femme ?

— J'ai à t'apprendre que j'ai peut-être
mérité tes reproches ; depuis plus d'un
mois je renferme dans mon cœur un secret
que j'aurais dû te confier : M. de Rhétorière,
l'un de nos commis les plus assidus, aime ta
fille, et, ce qui est plus sérieux, il est aimé.

— Un grand secret, en effet ! mais comment l'as-tu surpris ou deviné ?

— Mon Dieu ! on tient aujourd'hui à honneur de donner beaucoup d'instruction à ses enfants, et on apprend trop de choses aux jeunes filles. On éveille leur imagination, on excite leur esprit, on émeut leur cœur par des études historiques et littéraires. Blanche, cette charmante enfant, a, tu le sais, pris goût à ces études. Il y a plus d'un mois, j'ai découvert, dans un tiroir qu'elle avait oublié de fermer, un *album*, avec ce titre : *Mes rêves et mes pensées*. Une seule page a mérité mon attention, et après l'avoir lue et relue, je l'ai détachée. Tiens, la voici.

Surpris, agité, le père de famille lut

à haute voix ce qu'avait écrit sa fille :

« L'heure du mariage approche pour moi !
Quelle épreuve terrible et périlleuse ! Je
voudrais pour mari quelqu'un dont la condition me permît de m'associer à ses travaux. Que de zèle, d'affectueux dévouement il trouverait en moi !

» J'ai remarqué que M. de R..., l'un des
commis de mon père, se plaisait beaucoup
dans cette maison; il s'y montre très-assidu
à ses devoirs. Ne cherchant aucune distraction, il semble n'aimer que le travail,
peut-être parce qu'il travaille au milieu de
nous. Il me regarde beaucoup, peut-être
avec une respectueuse tendresse.

» Je ne veux point interroger mon cœur, de peur d'y surprendre des sentiments trop peu en contradiction avec les siens. Je me laisse aller à croire qu'il aurait pour sa femme toutes les délicates attentions qui seraient si nécessaires à mon bonheur.

» Je voudrais, moi aussi, comme ma mère aimée, recevoir chaque matin de mon mari une fleur nouvelle ; il me faudrait un intérieur tranquille, gai, et non pas la solitude qui fait naître de tristes et dangereuses pensées.

» M. de R... n'a jamais osé me parler, ce qui me prouve qu'il aurait beaucoup de choses à me dire ; je n'oserais jamais non plus lui adresser une question, même la plus in-

différente ; aurais-je donc, moi aussi, beaucoup de questions à lui adresser ?

» Mon cœur est préoccupé du présent, in-
quiet de l'avenir : préoccupations, inquiétudes toutes nouvelles pour moi ! Mes pensées
de bonheur ne seront-elles que des rêves ! »

Cette lecture fut interrompue par un
léger bruit... le bruit d'un soupir, d'une
plainte.

Une porte s'ouvrit ; une jeune fille entra. C'était Blanche. Elle veut parler : des
sanglots étouffent sa voix ; pâle, les cheveux
en désordre, elle tombe éplorée aux genoux
de son père et ne peut faire entendre que
des paroles entrecoupées de larmes.

— Pardonnez-moi, je n'obéirai jamais qu'à votre volonté !

La porte, en s'ouvrant, avait éteint la seule bougie allumée dans le boudoir, et la physionomie de la jeune fille n'en paraissait que plus attendrissante, éclairée par les faibles lueurs d'un ciel parsemé d'étoiles.

Blanche, dans l'éclat de la jeunesse, réunissait toutes les grâces naturelles, tous les attraits de sa mère.

De douces paroles furent vite prodiguées à cette pauvre enfant :

— Calme-toi, lui dit son père en l'embrassant, nous n'avons d'autre ambition que ton bonheur.

Sa mère, qui pleurait, la rassura à son tour avec des baisers.

En se souvenant des pensées qu'elle avait écrites, Blanche, toujours à genoux comme une Madeleine repentante, n'osait lever les yeux, bien que sa pudique rougeur fût plus facile à cacher dans la pâle clarté d'une belle nuit.

Relevée et soutenue par sa mère, Blanche regagna sa chambre, sinon calme, du moins pardonnée.

Resté seul un instant, le père de famille,

allant vite au fond des choses, se consulta
sur le parti à prendre.

Après avoir passé plus de vingt ans dans
les affaires, l'ancien commis de la rue de la
Verrerie, l'ancien courtier *marron* possédait
une fortune de quinze cent mille francs;
ce capital, engagé dans les affaires, rappor-
tait chaque année de très-beaux intérêts.
Sa fille était belle et pouvait sans doute
prétendre à un mariage plus brillant selon
le monde; mais dans son émotion, Picard
se préoccupait surtout de rendre au plus
vite le calme à sa fille, à sa femme, à toute
sa maison qui n'avait jamais été troublée
par un tel orage.

Constance vint annoncer à son mari

que Blanche se montrait plus tranquille,
plus raisonnable.

— Espérons, dit-elle, que le sommeil dis-
sipera ce trouble, cette agitation d'une
enfant ; mais je ne t'ai pas tout dit. — Après
avoir découvert les secrètes pensées de Blanche, j'observai son attitude, ses façons
près de M. de Rhétorière, l'attitude et les
façons de M. de Rhétorière près d'elle.
Je fus bientôt convaincue que ces deux
jeunes cœurs s'entendaient sans se parler.
M. de Rhétorière se sentit observé par moi :
il me demanda respectueusement un entretien ; tu étais absent. Il m'avoua ses vœux,
ses projets, ses espérances ; il me parla de sa
famille et du nom honorable qu'il portait :
son père, mort jeune encore, appartenait à

la magistrature. Fils unique, il a hérité pour toute fortune de six mille francs de rentes; il a un oncle, M. le comte de Rhétorière, général en retraite, grand officier de la Légion d'honneur, et dont il est le seul héritier. Le général possède cinquante mille francs de rentes en terres, ce qui représente un très-gros capital. Cette fortune lui vient surtout de sa femme, dont il n'a pas eu d'enfant, et qui mourut il y a quelques années. Son neveu lui avait écrit déjà pour le prier de demander la main de ta fille; mais ce pauvre jeune homme vient de recevoir de son oncle un refus en termes durs et fâcheux. Cette lettre le met au désespoir.

« Puisque mon oncle me déshérite, je

n'ai plus, dit-il, qu'à quitter cette maison, d'où j'emporterai d'ineffaçables souvenirs! » Et sur mes instances, il m'a remis cette lettre d'un vieux soldat qui n'aime pas les banquiers, et qui aurait surtout voulu que, comme lui, son neveu eût l'honneur de recevoir trois ou quatre blessures sur le champ de bataille.

M. Picard lut à voix basse la lettre du général.

« Mon cher neveu,

» Ta résolution de te vouer aux *comptes courants*, et le mariage d'argent que tu souhaites, trompent toutes mes espérances. Après avoir échoué dans ton examen pour l'école de Saint-Cyr, tu aurais dû t'engager et cou-

rir gagner ton épaulette de sous-lieutenant
en Afrique.

» *Votre compte est crédité, débité ; — j'ai le
plaisir de répondre à votre honorée du...* Voilà
donc quel sera le roman de ta vie ! J'aime
mieux : *En avant, marche !* On ne sait pas où
l'on va, mais on arrive.

» Sous les drapeaux, nous tuons en en-
nemis des hommes que nous ne connaissons
pas ; mais nous secourons en frères des
camarades que, la veille, nous n'avions jamais vus. Vous autres gens d'argent, vous
ne tuez, vous n'aimez, vous ne secourez
personne !

» Ta vie de caserne et de champ de ba-

taille m'eût rajeuni; j'étais tout prêt à payer
tes dettes de garnison. Je sais par souvenir
la joie que cause à un neveu, qui ne sait pas
compter, le billet de cinq cents francs d'un
oncle économe; j'eusse même été heureux
de faire des surprises de ce genre à un officier aimé de ses chefs et de ses soldats,
obligeant, généreux envers ses camarades,
et n'ayant d'autres vices de cœur que d'être
un panier percé.

» Je refuse donc d'intervenir en ton nom
auprès de la famille Picard; ne sois même
pas étonné si un jour je te déshérite; je ne
veux pas que ma belle ferme de Normandie
figure dans ton *actif*.

» J'avais rêvé de doux ombrages pour

ta vieillesse, après vingt ans de service, cinq ou six campagnes, avec le titre de général, trois ou quatre blessures (j'en compte cinq sur mes états de service); mais puisque tu ne dois pas venir me remplacer sous les arbres que j'ai plantés dans la commune où mon nom, je puis le dire, est aimé et respecté, je ne veux pas que mon bien soit peut-être vendu par petits lots, pour le plus grand bénéfice de ton *encaisse*.

» Enferme donc à double tour ton cœur et ton avenir dans un coffre-fort; marie-toi si tu veux, fais fortune si tu peux ; tes destinées ne m'intéressent plus. J'ai encore en toi un neveu, je n'ai plus un fils.

» Le général comte DE RHÉTORIÈRE. »

— Que dirait ce grognard de la grande armée, s'écria Picard avec un certain orgueil mêlé d'ironie, si des gens d'argent donnaient leur fille et une belle dot à son neveu déshérité? Le jeune de Rhétorière est intelligent, travailleur, honnête, bien élevé; le général saura que pour les gens d'argent, les qualités d'esprit, de caractère et de cœur sont un capital!

— Pourtant, mon ami, ne précipitons rien, reprit Constance.

— Ne laissons pas partir ce jeune homme de notre maison, répondit Picard; il peut assurer le bonheur de notre Blanche. Une vie modeste, occupée, où toutes les émotions appartiennent à la famille, où toutes les

ambitions appartiennent à l'avenir des enfants, une vie pareille à ses sollicitudes,
mais elle a aussi ses douceurs et ses joies;
ne pouvons-nous pas tous deux regarder en
arrière sans tristesse et sans regret? Allons!
la maison Picard ne perdra rien à s'appeler
un jour la maison Rhétorière.

Laurent, un vieux domestique au service
de la famille Picard depuis vingt ans, interrompit cet entretien.

—Un grand laquais en livrée, dit-il, vient
de se présenter pour savoir à quelle heure
monsieur était visible; je lui ai répondu
ceci : M. Picard est trop à ses affaires pour
quitter souvent sa maison; il est chez lui
tous les jours et presque à toute heure.

On retrouvait dans ce vieux Laurent le domestique d'autrefois, esclave de ses devoirs, content de son sort, respectant, honorant ses maîtres, et souvent dévoué aux jours de malheur jusqu'à l'héroïsme.

Les domestiques d'autrefois étaient, pour ainsi dire, des arbres animés dont les racines vigoureuses vivaient profondément attachées au sol, à *la maison* (1) ; souvent ils naissaient, ils se mariaient, ils mouraient au sein de la même famille, qu'ils aimaient, dont ils étaient aimés, et leurs enfants se montraient dignes de l'héritage de bonne renommée qui venait de leurs aïeux. Les domestiques d'aujourd'hui ne sont, le plus

(1) *Domus.*

souvent, que des ouvriers d'occasion et de
passage : on les prend à l'année, au mois, à
la journée, à l'heure ; il n'y a aujourd'hui,
entre le domestique et le maître, qu'un
marché qui se conclut sans qu'on se con-
naisse, sur de vagues renseignements, et
qui peut se rompre sous le moindre prétexte.

Constance se sépara de son mari, oppres-
sée, souffrante, agitée par des mouvements
nerveux ; elle se retira dans la solitude de sa
chambre, où elle pouvait souffrir sans le laisser voir.

Pour ne pas inquiéter ceux qui l'entouraient et qui lui étaient chers, Constance,
dont la santé depuis quelque temps s'était
altérée sans aucun changement extérieur

dans sa personne, contraignait sa physionomie à une douce sérénité, cachant ainsi
sous un masque des douleurs quelquefois
poignantes qui l'accablaient.

II

II

Un Diner d'amis.

Lorsque l'on concentre ses émotions dans le cercle étroit du foyer domestique, les sentiments de la famille prennent toute l'exaltation , toute la fiévreuse sollicitude des plus violentes passions du cœur humain.

La révélation des premiers battements du
cœur de Blanche, le pudique repentir de
cette innocente enfant, avaient vivement
ému M. et madame Picard, et pendant plusieurs jours, leurs préoccupations se trahi-
rent par une silencieuse tristesse.

Sans avoir échangé une seule confidence
un seul mot de leur douleur, ils se savaient
tous deux en proie aux mêmes inquiétudes,
aux mêmes tourments.

Ce fut dans une pareille situation d'esprit
et de cœur, que M. Picard reçut, à son grand
étonnement, une invitation à dîner d'un certain baron de Longueville, qu'il avait tiré de
plus d'un mauvais pas par des services d'argent; voici le billet du baron :

« Mon cher Picard,

» La fortune a réparé ses torts envers moi. Je lui pardonne : je suis riche! Tu m'as secouru dans les jours difficiles; viens rire chez moi avec notre camarade de collége le docteur Bernard, dans un des beaux jours de ma prospérité. Je t'attends à dîner mardi prochain, à six heures et demie, rue de la Pépinière, n° 50.

> » Baron DE LONGUEVILLE.

R. S. V. P.

» P. S. Je t'invite par écrit; ton vieux domestique a répondu à mon valet de pied que tu étais tout entier à tes affaires : je n'ai pas voulu contrarier tes goûts, moi qui n'ai jamais fait passer les affaires qu'après les plaisirs. »

Ce nouveau personnage qui daignait pardonner à la fortune sa pauvreté d'autrefois, avait débuté sur le théâtre de la vie parisienne dans l'emploi de commis de *nouveautés;* au collége (il poussa ses études jusqu'en troisième), il se distinguait déjà par des habitudes d'élégance; à quinze ans, il portait, sous l'empire, des bottes à la Sowarow et des carricks à huit ou dix collets. Ses façons juvéniles de grand seigneur, ses enfantines recherches de toilette l'avaient fait surnommer le *baron* : c'était une espèce de sobriquet-épigramme qui lui resta, et dont il se fit dans le monde un titre de noblesse. Il finit par prendre ce titre au sérieux, et il se disait noble, sans rire.

Dans sa première et sa seconde jeunesse,

Longueville essaya de tous les métiers, même
de celui d'homme de lettres. Soyons juste :
aucune académie, même de province, ne
couronna ses œuvres légères, trop légères ;
aucun journal ne publia ses articles. Esprit
futile, incapable d'application, il commençait
tout, il ne finissait rien ; sa bonne humeur
était sa seule supériorité, et c'en est une.
Il savait rire de tout et de tout le monde,
de ses amis et de lui-même. Remuant,
intrigant, familier et abusant de la familiarité ; s'agitant pour de petites choses, pour
des puérilités, il inventait mille combinai-
sons, hasardait mille bassesses pour une invitation de bal, pour une invitation à dîner ;
il tenait à se montrer, à parler de tout, à se
dire l'ami du monde entier, des gens d'esprit, des gens riches, des femmes du monde,

des beautés à la mode du jour, et même
des coquines à la mode... pour la nuit.
Il aimait à placer au milieu de ses causeries vulgaires, mais frottées d'un certain
esprit : « J'ai dîné hier chez le marquis...
Le bal de la comtesse était charmant !...
Nous avons joué hier gros jeu aux Provençaux... j'ai perdu cent louis. »

On l'écoutait, on l'acceptait; sa confiance
en son propre mérite lui donnait un aplomb
qui allait souvent jusqu'à l'effronterie.
Quant à sa fortune, ce n'était qu'un va-et-
vient, ce que l'on appelle des *hauts* et des
bas. De revenus assurés, gagnés par le travail : aucun; il vivait d'expédients, de coups
de dés, à la grâce de Dieu.

Cette existence de hasards et d'aventures est celle de bien des gens. La profession de ces gens-là est de n'en avoir aucune ; ils vivent du métier, du talent, de la fortune et de la position d'autrui.

Le baron eut des jours difficiles ; dans le temps de peine, il écoutait volontiers les mauvais conseils de la misère : il se mettait au-dessus du qu'en dira-t-on. Mais dans la prospérité, son bon naturel reprenait le dessus : il se donnait alors, comme un nouveau luxe, tous les semblants de la délicatesse et de la probité. Il redevenait galant homme, et se montrait même obligeant et généreux.

Constance pressa son mari d'accepter l'invitation du baron, espérant qu'il trouverait du moins quelques distractions dans ce dîner d'amis.

Au jour et à l'heure indiqués, M. Picard se présenta rue de la Pépinière, 50.

Un domestique en livrée — galons d'argent, culotte de panne rouge, bas de soie blancs —faisait l'office de concierge dans un petit hôtel qui n'était habité que par le baron.

Les appartements de réception occupaient tout le premier étage. On y montait par un large escalier orné de vases de fleurs et recouvert d'un tapis aux couleurs éclatantes, retenu au bas de chaque marche par de petites tringles dorées. L'ameublement du salon et des pièces voisines représentait ce luxe improvisé et criard que fournissent à grands frais, du jour au lendemain, aux enrichis de la veille, les tapissiers les plus vulgaires. Pas un tableau, pas un de ces objets d'art ou de haute curiosité, qu'on ne parvient à *collectionner* que par des recherches patientes, en épiant l'occasion.

Un valet de pied, dans une tenue de livrée irréprochable, avait à peine annoncé à haute voix : « Monsieur Picard ! » que le baron se jeta dans les bras de son ami avec cordialité, et peut-être aussi avec une certaine joie vaniteuse.

De Longueville prit sur la cheminée trois billets de mille francs :

— Il me faut d'abord, s'écria-t-il en souriant au banquier, payer mes dettes. Tu es
généreusement venu à mon secours, et c'est
ton dévouement qui a posé la première
pierre de ma fortune.

La porte du salon s'ouvrit de nouveau, et
on annonça le docteur Bernard.

— Cher baron, quels sont aujourd'hui tes
illustres convives? dit le docteur ébloui de
tant de lumières et de magnificence.

— Je n'attends plus personne; pour bien
dîner, ajouta-t-il prétentieusement, il faut,
comme le dit un célèbre gourmand, être
trois comme les Grâces, ou *sept* comme les
Muses. Les Grâces dîneront aujourd'hui

tout à leur aise, les coudes sur la table.

Sept heures sonnèrent ; les deux battants
de la salle à manger s'ouvrirent. Un maître
d'hôtel vêtu de noir, cravate blanche, prononça d'une voix solennelle :

— Monsieur le baron est servi !

Rien de plus coquet que cette table surchargée d'argenterie aux armes du baron,
couverte de linge de Saxe tout neuf, riche-
ment damassé. La douce lumière des bougies
se jouait dans les cristaux et à travers les
jours des ciselures élégantes des cloches, des
réchauds, des seaux à vin de Champagne.

Tout ce luxe, tout cet éclat, se reflétait

sur la physionomie épanouie et triomphante
du baron : il avait voulu étonner ses deux
convives, et il était tout surpris lui-même de
son opulence.

Le menu du dîner était inscrit sur une
carte de vélin, entourée de vignettes colo-
riées, comiques et appétissantes. Par leur
nombre, par leur forme et par leurs couleurs, les verres finement gravés suppléaient
à la carte des vins.

Les convives, bien assis, bien installés,
avec leurs coudées bien franches, — le mouvement du service commença.

— Tu as la parole, mon cher baron, dit
Picard : raconte-nous ton roman des *Mille
et une Nuits.*

Sceptique et rieur, d'une morale très-commode, ne manquant ni de verve, ni d'esprit, fort à l'aise avec deux camarades de collége du même âge que lui, le baron donna l'ordre de se retirer aux valets de pied placés derrière chaque convive. Frédéric, le maître d'hôtel, resta seul chargé du service. Il méritait cette faveur.

— Frédéric, ajouta le baron, est un confident et presque un ami. Pendant les mauvais jours, un plaisant disait de nous deux : Le baron est supérieur à Frédéric par l'intelligence; mais Frédéric est supérieur au baron par les capitaux.

En maître d'hôtel de bonne maison,

Frédéric ne se permit pas de sourire.

— Eh bien ! puisque vous le voulez, continua le baron, voici mon histoire :

« Fatigué de voir tant de gens partir de si bas et monter si haut, je résolus, moi aussi, de prendre la peine d'arriver ou plutôt de parvenir ; on parvient plus vite qu'on n'arrive ! Pour sa fortune comme pour sa santé, il faut d'abord choisir le climat, le milieu dans lequel on doit vivre ; quand on veut avancer sur la route qui conduit aux succès et aux millions, il faut ne hanter que les puissants du jour, les enfants gâtés de la fortune, et, comme Gil Blas, se mettre à leur suite, une plume, une serviette ou un plumeau à la main.

» Je me liai d'abord, par de fréquentes et obséquieuses causeries, au foyer de l'Opéra, avec le directeur d'un journal influent : c'était un homme d'un grand esprit, — quoiqu'il eût de l'influence.

» Sollicité par tous les ministres, courtisé dans toutes les petites églises, sans préjugés, sans ambition, il se montrait obligeant pour tout le monde et dévoué pour ses amis ; il aidait, il protégeait les succès dans son journal, mais il se plaisait souvent à les dénigrer dans son intimité ; il brutalisait les gens qu'il avait le mieux servis, le mieux appuyés. Je me fis son *souffre-douleur!* Comme il riait de bon cœur dans toutes les occasions que je lui ménageais de s'écrier d'une voix retentissante : « Cet imbécile de baron !

ce stupide baron ! cette f... bête de baron ! »

» Je me montrai heureux et fier des épithètes variées dont il affublait mon nom
et ma personne ; elles me donnaient la mesure de ma faveur du moment. En toute
occasion je parlais de mon ami le journaliste ; à tout propos, je parlais de son journal, de l'article de la veille, de l'article du
jour, et même de l'article du lendemain ; je
faisais ainsi refléter sur moi le crédit et l'importance du personnage dont j'étais le plas-
tron familier. Tout cela se passait, bien entendu, à une époque où les journaux avaient
de l'importance et du crédit.

» J'eus une seconde bonne fortune : un de
mes amis se cassa la jambe. Il était l'un des

chefs d'une maison de banque mêlée à toutes les grandes entreprises, à toutes les
grosses affaires du jour. Tant qu'il garda le
lit, je me fis *sa* garde-malade ; dès qu'il put se
lever, je me fis sa béquille. Quand on l'invi-
tait à dîner, la béquille recevait aussi son
invitation ; je devins ainsi le convive indispensable de tous les dîners d'affaires,
puis le boute-en-train des grosses parties
de jeu et des parties fines. J'ai pleuré, il y a
quelques jours, sur la tombe d'un régent
de la Banque : il avait la prétention de bien
jouer le whist, et cette prétention me valait
trente mille francs de rentes.

» Les amitiés de nos *Ouvrards* du jour ne
sont pas stériles : il ne s'est pas formé une
société anonyme, une société en comman-

dite, sans bénéfice pour moi ; j'ai obtenu
d'emblée des paquets d'actions au pair, et
l'on prenait la peine de les vendre pour mon
compte au premier flot de la prime; je me
suis fait ainsi, en très-peu de temps, un capital de quatre cent mille francs, que j'ai au
moins doublé par d'heureuses opérations
de Bourse, bien conseillées et bien dirigées.

» Tu vois, mon cher Picard, qu'il est bien
loin de nous le temps où j'allais te demander assez humblement un billet de mille
francs que tu me donnais de si bon cœur ! »

— Voilà, mon cher baron, ton budget
de recette, répondit Picard ; mais tu ne
nous dis rien de ton budget de dépense.

— Patience! mes nouvelles et brillantes

relations firent du bruit ; les beautés célèbres, les *sobriquets* les mieux attelés de Paris vinrent bientôt frétiller autour de moi,
non point par amour, mais par un calcul
tout simple. Mon rôle de familier dans une
véritable population d'enrichis me donnait
du crédit dans les boudoirs, et mon crédit
dans les boudoirs ajoutait à ma faveur près de
ces pauvres diables de millionnaires, presque
tous vieux et blasés , courant toujours, en
chancelant, après un plaisir nouveau.

—Tout ce monde-là, dit le docteur Bernard, en vidant un verre de vin de Champagne, a-t-il un peu d'esprit ?

— Ce petit monde de femmes a du moins
un grand fond de gaieté et de philosophie ;

tout les passionne, rien ne les afflige ; leur cœur est une lanterne magique : tous les *Desgrieux* y passent ! Des pointes de leurs diamants, elles écrivent (celles qui savent écrire), sur les glaces de *Véry* ou des *Frères Provençaux*, leurs petits noms accolés aujourd'hui à un Alfred, demain à un Arthur. Ces noms restent amoureusement tracés ; ils y restent longtemps : seuls, les amours et les diamants s'en vont !

Malgré mes cinquante ans, ces joyeuses filles courent après moi : elles savent que j'ai souvent pour mon propre compte des entraînements de cachemires et de mobiliers ; souvent, aussi, pour leur faire une bourse de jeu, il me suffit d'apostropher l'orgueil de quelque riche ami ; je m'écrie :

« Comment! vous avez plus de vingt millions (dans ce monde de finance, les millions comptent pour des quartiers de noblesse), et vous ne prêterez pas cinquante
louis à cette jolie *Madone!* à cette charmante *Ibrahim.* » On les prête, et les cinquante louis sont plus que doublés dans la
soirée, par les chances heureuses du jeu ou
par des emprunts nouveaux.

Le docteur Bernard, tout en respirant avec
volupté le bouquet d'un grand vin de Bordeaux, interrompit brusquement le récit du
baron.

— Voilà, dit-il, un premier cru d'une
bonne année ; c'est un vin droit, bien fondu,
dans toute sa maturité.

Il se fit un court silence pendant lequel les trois amis dégustèrent religieusement la fleur de la cave du baron.

— Eh bien ! messieurs, reprit l'amphi-tryon, c'est encore à mon état dans le monde que je dois ce privilége, qui est presque un monopole aujourd'hui, de ne compter dans ma cave que des vins naturels, des vins faits, des vins qui rappellent les grandes qualités de ces vignobles d'autrefois, attenant aux riches abbayes. Les marchands de vin me font la cour comme les jolies femmes, pour que je daigne leur indiquer des connaisseurs assez riches pour payer les bonnes choses le prix qu'elles valent. Ainsi, vous le voyez, mes chers amis, si je suis un imbécile, une f... bête, comme le disait mon ami le journaliste, je n'en ai que plus d'esprit à m'être fait tout seul une position qui me donne du crédit, des vins d'élite, de l'importance, de l'argent, des jolies femmes et des flatteurs.

— Mon cher baron, dit le docteur, tu es le Gil-Blas de notre pays et de notre temps ; tu ne hantes, il est vrai, ni les Scipion, ni les don Raphaël, mais tu as su découvrir plusieurs comtes d'Olivarès qui se sont chargés de ta fortune ; seulement, je crains fort que tu ne sois moins ferré sur la philosophie et sur le latin que le brillant élève du collége d'Oviédo, quoique l'Almanach des vingt-cinq mille adresses te donne le titre de baron et la qualité d'homme de lettres.

— Il ne faut pas croire, répliqua l'amphi-

tryon, que je sois à court d'une citation de
Virgile ou d'Horace :

> Impavidum ferient ruinæ,
> Si fractus illabatur orbis.

Traduction libre : J'ai dîné à vingt-cinq
sous, le front calme et serein.

Aujourd'hui, je règne : j'ai des revenus,
j'ai un capital! je donne des poignées de
main à presque tous les membres du *Jockey's-
Club*, et même à ces pauvres doctrinaires qui
ont toujours beaucoup d'esprit, qui n'ont
plus de pouvoir ni de portefeuilles, mais qui
regrettent les portefeuilles et le pouvoir. J'ai
pour camarades de cigares les célébrités à
la mode dans les arts et dans les lettres; j'ai

pour camarades de chasse des comtes, des ducs, des princes et des ministres; je tutoie les plus grands noms et les personnages les plus hauts placés; je les écrase tous par la tenue de mes gens, de ma maison, par ma mise de bon goût et toujours soignée, par la variété de mes costumes de chasse; ils m'envient mes maîtresses; ils sont jaloux de mon bonheur au jeu; enfin,

Ma fortune est bien haut, je peux ce que je veux!

comme dit le vieux Corneille.

Bernard! à savant, savant et demi! apprends donc que lorsqu'on vit avec des gens qui ne sont que riches, il faut être deux fois lettré, — pour soi et pour eux.

I. 5

— Mais en dehors de ces dépenses
d'esprit, dit Picard, ta vie doit te coûter
cher?

— Premières représentations, spectacles
à bénéfice ; toute solennité dont le prix des
billets est aux enchères ; bal de la ville,
bal de la cour, bal d'actrices ; courses de
Satory, de la Marche, de Chantilly exigent
ma présence. Ma vie d'oisif est très-occupée !
Du plus loin qu'ils m'aperçoivent, ces nombreux millionnaires, dont quelques-uns ne
sont riches que pour se priver de tout, ne
manquent pas de s'écrier : — Baron, qu'y a-
t-il de nouveau? Et il faut par mes récits
les faire assister gratis à tous ces plaisirs
que j'ai payés, et qu'ils se refusent. Mon métier est de tout savoir, l'anecdote de la cour,

le scandale de la ville, le secret des coulisses. C'est pour ces millionnaires harpa-
gons que je viens de louer ce petit hôtel, et de m'y établir somptueusement.
Ils seront ravis que je leur donne chez moi
de bons dîners; ce sera pour eux une économie qui leur coûtera cher. Cependant,
rassure-toi, Picard : mon *actif* dépasse mon
passif, comme vous le dites, je crois, dans
vos *balances* de fin d'année; mais, toi, mon
vieil ami, ma ressource dans les crises finan-
cières, ta dernière balance t'a-t-elle com-
plétement satisfait?

— Je vis, répondit Picard en souriant,
sous un climat tempéré; je crains peu les
orages... je ne cours pas après les millions.

— Tu fais bien, répliqua le docteur Bernard, il en est de l'argent comme des liqueurs spiritueuses : l'excès ne conduit pas à la satiété.

— Dès que tu le voudras, reprit le baron, on t'offrira une belle part dans les grandes affaires. La maison Picard, dit-on, est une maison respectable, mais tu te fais trop petit : je ne te donne pas deux millions, tu n'es qu'un bourgeois en finance. Il ne dépend que de ta volonté de devenir marquis, duc, prince. Je voudrais que mon ami Picard eût un jour, comme tout le monde, cinq cent mille francs de rente, qu'il se plaçât à la tête de notre commerce, de notre industrie, qu'il devînt un Mécène intelligent des arts et des lettres.

On méprise trop l'argent ; je me fais l'avocat de l'argent : l'argent seul rend possibles les bonnes actions et les grandes choses ; pour moi, je veux, comme millionnaire, aller très-haut... aussi haut que possible.

— Prends garde de tomber ! dit en riant le sage docteur.

— Bernard, tu es de ces gens qui n'osant rien, voudraient que tout le monde vécût comme eux, les bras croisés.

— Tu te trompes ; j'ai aussi mes entreprises : je viens d'être chargé par le ministre d'une mission dans un département décimé par une épidémie.

— Allons, mes amis, buvons donc à nos
succès, à la fortune, à la gloire! Il faut que
Bernard soit de l'Académie des sciences; il
faut que le banquier Picard soit régent de
la Banque et sénateur... ça s'est vu! quant
à moi, je me contente d'une médiocrité...
de beaucoup de millions.

Ce mot millions était pour ainsi dire sté-
réotypé sur les lèvres cupides du baron.

Les trois amis choquèrent leurs verres.
Le ton fraternel et gai de leurs causeries et
les excellents vins de l'amphitryon avaient
excité les esprits, attendri les cœurs. Picard,
lui-même, d'un caractère calme et froid,
souriait aux projets, aux vœux, aux espérances du baron.

— Quand tu le voudras, ajouta de Longueville, je te présenterai à tous ces messieurs. Tiens, les coulisses de l'Opéra sont un terrain neutre : viens-y un soir avec moi ! j'ai mes grandes entrées, je suis bien avec tout le monde, et surtout avec le directeur.

— Quelle figure ferais-je au milieu de ces dames les actrices, au milieu de la jeunesse dorée?

— Notre jeunesse dorée manque souvent d'argent !

Le docteur Bernard, gourmet comme tous les médecins, commençait l'éloge du dîner, des entrées, du poisson, du rôti, lorsqu'un valet de pied lui présenta deux lettres sur un plateau d'argent.

— Oh ! docteur, fit le baron, nous sommes entre amis; c'est un moyen usé que de se faire persécuter, même à table, par des malades qui vous appellent.

— Il y a deux espèces de médecins, ceux qui dépensent leur temps à courir après les malades ; ceux qui se consacrent à des travaux, à des concours, et qui font que les malades courent après eux.

— Je sais que tu es des seconds, Bernard; lis tes lettres.

Tandis que le docteur rompait un des cachets :

— Tiens!... dit Picard, je reconnais l'écriture de ma femme ; elle te prie sans doute de venir voir Blanche : cette charmante enfant est un peu souffrante. Les mères s'effrayent toujours ; mais, c'est égal... viens nous voir dès demain.

Le docteur lut le billet de madame Picard ; à cette lecture il se troubla, il devint pâle ; sa physionomie peignait l'étonnement et l'effroi. Heureusement, les deux autres convives venaient de quitter la table ; ils ne purent rien surprendre de la subite émotion du docteur.

Les trois amis prirent le café dans le salon. Pour cacher sa douleur ou pour l'oublier, le docteur Bernard continua à contredire.

— Je pars demain soir, messieurs, ajouta-t-il.

— Eh bien ! nous te verrons à ton retour, répondit le baron. Mais toi, Picard, je veux te faire dîner prochainement avec nos plus habiles capitalistes ; il y en a, dans le nombre, qui sont spirituels et aimables : l'argent ne rend pas bête.

— J'accepte à l'avance ton invitation, mais tu ne me feras pas sortir de ma vie de famille et de pot-au-feu.

Dix heures sonnèrent.

— Je vais faire ma malle, dit le docteur.

— Je vais retrouver ma femme et ma fille, dit Picard.

—Je vais à l'Opéra, dit le baron ; je verrai le ballet dans les coulisses.

III

III

L'Arrêt de mort. — Anatole. — Un Coup de dé de deux millions.

Le lendemain du dîner du baron de Longueville, dès sept heures du matin, M. Picard donnait dans ses bureaux l'exemple du travail et de l'activité : il signait la *correspondance*, contrôlait les *règlements sur le livre des comptes courants,* visait les bordereaux et répondait à tous venants.

Blanche avait retrouvé le calme : elle savait que M. de Rhétorière, bien que déshérité par son oncle, restait dans la maison ; cette décision de famille était plus qu'un pardon : c'était presque un *consentement.*

Après avoir passé une nuit sans sommeil, madame Picard attendait impatiemment le docteur Bernard, à qui elle avait écrit la veille au soir ; la lettre lui avait été remise chez le baron de Longueville. Elle se tenait assise devant une petite table encombrée de livres et de papiers ; elle froissait convulsivement une lettre qu'elle avait lue et relue.

Il était à peine neuf heures du matin lorsque le docteur arriva. Un incident grave et triste l'amenait près de madame Picard.

— Mon cher docteur, lui dit-elle, presque sans lui laisser le temps d'entrer et de s'asseoir, cette lettre que voici a été écrite et cachetée hier par vous, dans cette chambre ; elle est adressée à celui de vos confrères qui, pendant votre absence, doit vous remplacer comme médecin dans cette maison : elle s'est trouvée mêlée sur cette table à d'autres lettres d'affaires ; par distraction je l'ai ouverte, et mes regards n'ont pu se détacher de cette phrase qui est mon arrêt de mort : *Ce n'est qu'avec les plus grands soins que nous pourrons conserver madame Picard à sa famille.*

I. 6

pendant trois ou quatre années au plus. La douleur que j'en ai ressentie au cœur n'aurait
pas été aussi vive, aussi poignante, si je n'é-
tais en effet atteinte d'une maladie mortelle.
Je garde cette lettre ; elle contient pour moi
un triste, mais utile avertissement.

Ému, profondément affligé, le docteur s'efforça de se contredire.

— J'ai eu grand tort, répondit-il, de pro-
phétiser. Notre science peut si rarement prévoir et affirmer ! en trois ou quatre années
une crise peut se produire. La santé des
femmes d'ailleurs est si trompeuse ! Leur
sensibilité nerveuse, presque toujours sur-
excitée, peut faire croire à toutes les mala-
dies organiques et cependant ne laisser au-

cune trace des graves et fugitifs symptômes qu'on a cru observer.

Bernard, pour faire douter de la science et de son savoir, employait tous les raisonnements, faisait tous les efforts d'esprit auxquels ont recours d'ordinaire les médecins dans le double but d'inspirer à leur malade une confiance aveugle et de conserver un client.

— C'est à moi de vous rassurer, mon cher docteur, répliqua madame Picard; vous ne m'avez rien appris : je souffre en secret depuis un certain temps, vous le savez; n'étiez-vous pas le seul confident de mes douleurs? Je ne croyais pas le terme de mes maux si prochain : je vais donc me préparer à bien mourir; mais j'ai une prière à vous faire, une prière sacrée... c'est ma volonté dernière : il faut que vous me juriez de laisser ignorer à mon mari, à mes enfants, la gravité de ma maladie et son prochain dénoûment. Ils m'aiment tant...

Une larme s'échappa de ses yeux.

— Ils m'aiment tant qu'ils souffriraient trop de cette longue agonie; voyez votre confrère, et, à votre tour, exigez de lui le secret.

Le docteur, dont la physionomie grave et sévère peignait cependant la vive émotion et la souffrance morale, insista de nouveau, mais vainement, pour casser l'arrêt qu'il

avait rendu lui-même; il promit une invio-
lable discrétion.

Vers la fin de cet entretien, dont les deux
interlocuteurs éprouvaient un si pénible
embarras, un bruit de portes qui s'ouvrent
et se ferment violemment se fit entendre :
le jeune Anatole entra brusquement; il
se jeta au cou de sa mère, et après plus
d'une question à laquelle il ne laissait pas
le temps de répondre, il conta tout d'un trait
ses projets de plaisirs pour ses trois jours
de liberté.

Anatole n'avait quitté le collége que depuis trois ou quatre ans, pour entrer en pension chez un professeur de droit; il y était
logé et nourri; à la veille de passer ses exa-

mens pour la licence, il n'avait de *sortie* que
tous les douze ou quinze jours.

— Malgré la présence du docteur : Chère
mère, tu te portes bien? Je viens d'embras-
ser mon père! Comment va Blanche? Je
reste avec vous toute cette journée; mais
demain nous nous réunissons, cinq à six anciens camarades de collége, les uns élèves en
médecine ou en droit, les autres de l'École polytechnique ou de Saint-Cyr. Dès neuf heures
du matin, rendez-vous à la salle d'armes. Nous
déjeunons, nous montons à cheval; à cinq
heures, à l'école de natation; à sept heures,
au Palais-Royal. Nous payons à dîner à ce
pauvre Thiberge, qui, en finissant cette
année sa rhétorique, tombe de Carybde en
Scylla : d'élève il devient professeur! Il n'est

pas très-fort; mais nous l'aidions tous à être le premier : c'est une de ces machines à prix qui font la gloire des colléges. Son père est un portier du voisinage. Depuis des années, ce pauvre diable de Thiberge ne connaît que les ortolans du réfectoire; nous tenons à lui faire tâter demain d'un menu des *Trois Frères* plus ou moins *provençaux*. Le comte de la Roserie, notre ancien camarade, se conduit bien : tout comte qu'il est, il ne dédaigne pas de venir dîner avec nous; et cependant, à sa majorité, sa vie s'est trouvée ouatée de quatre-vingt mille francs de rentes! Il est déjà membre du jockey's-club; il a une brillante écurie et jouit de ses entrées dans les coulisses de l'Opéra. Dès la *cinquième*, celui de nous deux qui pouvait se procurer des cigares en donnait à l'autre, et nous fumions de com-

pagnie. Son amitié pour moi résiste aujour-
d'hui aux vanités de la naissance et aux
éblouissements de la fortune. Nous nous pro-
mettons de faire perdre un peu la tête au pauvre Thiberge, dont le seul défaut est de n'en
avoir aucun.

Anatole comptait à peine vingt-deux ans. Il
était de ces natures ardentes au bien comme
au mal. D'un cœur d'or, il chérissait toute
sa famille ; mais les premières passions l'en-
traînaient déjà vers les séductions du monde
et le jetaient dans la fièvre de tous les désirs.

— Nous voulons aussi, ajouta Anatole,
aller au théâtre ; on joue *Phèdre* demain.
L'Ecole de droit, l'Ecole de médecine,
l'Ecole polytechnique et l'École de Saint-Cyr,

sont tout enthousiasme , tout amour pour Rachel. Le comte de la Roserie lui a déjà été présenté dans son petit hôtel de la rue Trudon.

D'un visage ouvert et sympathique, avec des dents blanches, une chevelure riche et bien plantée, une taille assez haute, Anatole était distingué de toute sa personne; des efforts plus ou moins heureux d'élégance trahissaient déjà son impatience de conquérir sa place dans les rangs de la jeunesse brillante des clubs, du sport et des avant-scène.

Il espérait surtout mettre à profit pour ses plaisirs l'expérience précoce et la haute position de son ami le comte de la Roserie.

Anatole savait son père à la tête d'une certaine fortune et d'une bonne maison de banque. Les élèves de nos colléges fument, et ils additionnent leur richesse plus ou moins probable, dès les premières classes.

Le docteur Bernard, interpellant le jeune Anatole, essaya de le ramener à des idées sérieuses, à des idées d'avenir.

— A quelle carrière vous destinez-vous? lui demanda-t-il.

— Cher docteur, je ne vois d'autre carrière devant moi que mes trois jours de liberté. J'ai d'abord un premier devoir à remplir, c'est d'être jeune. Je n'ai pas été cancre dans mes études; soyez tranquille, je me tirerai d'affaire.

Échangeant un regard de tendresse avec sa mère, Anatole l'embrassa.

— N'est-ce pas, ma mère, que tu as confiance en moi ?

Elle eut grand'peine à contenir ses tristes pensées, et plus de peine encore à retenir ses larmes...

— Oh ! je suis bien sûr, répliqua le docteur Bernard, que vous ne resterez pas en route.

— Docteur, reprit d'une voix émue madame Picard, tel est le sort des mères : nous tremblons d'abord pour la santé, pour la vie de nos enfants ; plus tard nous nous inquiétons de leurs penchants, de leur con-

duite, de leur avenir. Bienheureuses, entre
toutes, celles dont on écoute les conseils et
qui peuvent être témoins du bonheur de leur
famille, la noble ambition de toute leur vie !

— Ma mère, demanda en riant Anatole,
permets-tu qu'on fume dans ta chambre ?

— Non, sans doute.

— Eh bien ! pour ne point te quitter, je
ne fumerai pas.

Et, posant les doigts sur le clavier d'un
piano, Anatole, tout en dansant sur sa
chaise, se mit à jouer une polka. Il ne manquait pas d'un certain talent sur le piano
et sur l'orgue ; il était bon musicien.

Au bruit de ces mélodies vivement rhyth-
mées, Blanche, vêtue avec la plus modeste
élégance, le sourire sur les lèvres, vint em-
brasser son frère.

Blanche et Anatole s'aimaient de l'amitié
la plus tendre — une amitié toujours gaie.
Anatole saisit sa sœur par la taille et l'entraîna,
presque malgré elle, dans le mouvement d'une
danse dont il indiquait les temps en fredon-
nant une valse.

Quel contraste entre la folle gaieté de ce
fils chéri, dont la vie commençait, et le
secret désespoir de cette mère de famille,
dont la vie allait finir, et qui se voyait
déjà séparée de son mari et de ses enfants !

La danse bruyante du frère et de la sœur
ne fut pas interrompue par l'arrivée du vieux
Laurent : ils continuèrent à danser dans une
chambre assez étroite, encombrée de petits
meubles, qu'ils menaçaient de renverser à
chaque pas. Dans sa folie, Anatole allait
aussi entraîner le père Laurent.

— Riez, chantez, dansez, jeunes gens,
leur dit d'une voix affectueuse le fidèle serviteur, qui avait vu naître et grandir ces
deux enfants; c'est de votre âge, mais ce
n'est plus du mien !

— Je viens, ajouta Laurent, de la part
du baron de Longueville, en ce moment
dans les bureaux : il prie M. le docteur
Bernard de ne point partir sans qu'il ait

pu lui faire une dernière fois ses adieux.

À ce nom de Longueville, le jeune Anatole éprouva un sentiment de surprise et de joie.

— Ce baron de Longueville... se dit-il, c'est lui qui a ouvert toutes les portes des clubs, des coulisses de l'Opéra, des petites maisons d'actrices, à mon ami la Roserie. Lié avec mon père, il protégera aussi ma jeunesse ! il me fera faire mes premiers pas, dans ce monde amusant que je brûle de connaître ; grâce à lui j'éviterai les écoles, et j'échapperai à toutes les gaucheries d'un débutant.

Après s'être regardé dans une glace pour grouper ses cheveux un peu en désordre,

après avoir relevé ses moustaches naissantes,
Anatole descendit vite dans les bureaux ; il
avait hâte de se présenter lui-même au baron de Longueville.

—Voilà mon fils, dit M. Picard au baron ;
puis il continua de parler affaires avec un
étranger, facilitant ainsi une conversation
intime entre ce *Mentor* bon vivant et ce jeune
Télémaque déjà très-passionné pour les *Eu-
charis*.

— Vous connaissez, monsieur le baron,
dit Anatole, mon ami le comte de la Roserie?

— Charmant garçon, qui a eu un grand
bonheur,—celui d'entrer de plain-pied dans
une belle fortune sans passer par les étri-

vières des usuriers. Le comte n'est pas un ignorant : il fait un peu de peinture, un peu de musique; il ne souffre pas, comme la plupart de nos jeunes et riches héritiers, de cette maladie cruelle : l'oisiveté! il ne fera pas comme eux : il ne se ruinera pas par ennui.

— Monsieur le baron, dans quinze jours je serai licencié en droit; me permettrez-vous d'aller vous faire une visite avec mon ami de la Roserie?

— Venez me voir, jeune homme : je vous indiquerai les mauvais courants, les bancs de sable à éviter sur cette mer orageuse de la vie parisienne. Quelques passagers y périssent corps et biens! Vos vingt ans auront

7

à se préserver des lettres de change, des comptes courants chez les bijoutiers à la mode, des liaisons avec bail; il faut toujours pouvoir quitter les lieux, même sans se prévenir quinze jours d'avance. Avec ces dames, pas de sottes excentricités; soyez seulement convenable : il faut que tout le monde vive!.. Vous fuirez les parties de jeu entre amis intimes, les parties de baccarat où l'on se paye en petits carrés de papier que l'on appelle des *bons*, excellentes valeurs ou fausse monnaie suivant la signature; pas de paris de course, pas d'échanges ruineux chez les marchands de chevaux... Le plaisir, quand on est jeune, n'est pas une denrée bien chère; il n'y a de ruineux que le plaisir de la vanité.

Un très grand nombre de nos jeunes fous
éprouvent un tel vertige en posant le bout
de leurs bottes vernies sur le marchepied
d'une voiture bien attelée, qu'ils se ruinent
en cochers, en valets de pied, en grooms,
en harnais, en chevaux, en voitures de
toutes formes : coupé, calèche, tilbury, cabriolet, phaéton, karric à pompe. Ils achètent même à grands frais, en Angleterre, des
trotteurs, afin de se ruiner un peu plus vite !

Une fois libre, Picard interrompit la conversation fort animée de son fils avec le baron. Le docteur Bernard vint renouveler
ses adieux à tout le monde ; puis, Longueville demanda à son ami le banquier un entretien secret et urgent, pour une affaire de
la plus haute importance.

Ils se réfugièrent dans un cabinet dont le baron prit soin de retirer la clef.

— Il s'agit, mon cher Picard, de ton avenir, de celui de ta famille ; il s'agit de prendre la place que tu mérites par ta longue pratique des affaires et par ta haute probité.

Il se forme en ce moment une riche compagnie pour une ligne de chemin de fer réclamée avec instances par de nombreuses et intéressantes populations.

Tous ceux qui ont souscrit les fonds nécessaires veulent te compter parmi eux et te placer même à leur tête.

Il tira de sa poche un volumineux manuscrit.

— Tiens, dit le baron, voici l'affaire, lis :
tu verras là de grosses sommes et des noms
considérables.

Picard examina très-attentivement cette
liste de souscription.

— Comment! dit-il, le premier nom est
le nom d'un ancien ministre des finances
sous Louis-Philippe?

— Pour tout te dire, ce n'est pas le ministre.

— C'est donc quelqu'un de sa famille?

— Notre associé est du même département; le ministre et lui ne sont pas parents,

mais ils sont compatriotes. Tu comprends bien que tous ces petits détails sont pour toi, et qu'il est fort inutile de donner de pareils renseignements au public.

— Le second nom sur la liste est fort inconnu : M. Burdin... Est-ce un homme d'affaires?

— Non, mais c'est un médecin.

— Est-ce un financier?

— Non, mais il est chef de bataillon de la garde nationale.

— Est-ce un capitaliste?

— Non, mais il est chevalier de la Légion

d'honneur ; il a le mérite ou le ridicule, comme tu voudras, de se donner un air grave et de pérorer à tout propos. Les actionnaires veulent qu'on les prenne au sérieux, et ils aiment qu'on leur fasse des discours en attendant qu'on leur distribue des dividendes... Le docteur Burdin nous sera utile : il fera les discours... et les courses.

— Je vois sur cette liste le comte de la Roserie. Je le connais un peu...

— Oh ! celui-là est un ami de ton fils, et il dispose de gros capitaux ; il a au moins deux ou trois cent mille francs de rente.

— Tu vas même chercher des financiers au collége d'Anatole ?

— Mon cher ami, crois-moi : même dans
des affaires d'argent, les titres de noblesse
ont leur valeur et leur prix. Il n'y a que
ton nom qui puisse se passer de titre ; Picard, tout court, pèse plus dans le plateau
de la finance qu'un duc et qu'un marquis!

— Enfin, ajouta Picard qui continuait
l'examen de la liste, voilà des banquiers qui
ne me sont point inconnus. Mais ce Thomas, dont j'aperçois le nom, a fait faillite!
il a obtenu, il est vrai, un concordat...

— Thomas a été malheureux, mais c'est
un honnête homme.

— Je le sais, répondit Picard.

— Il se conduit bien, il donne des à-

compte à ses créanciers. Il se réhabilitera ;
on s'intéresse à lui ; toute la finance le protége, et comme notre affaire est excellente,
nous désirons qu'il en soit. Je sais que son
nom ne serait pas rayé, même par le ministre.

— Ah ! le baron de Longueville... vingt
mille actions ? premier crédit !

— Mon ami, souscris toi-même, toi surtout, pour vingt-cinq mille actions, et les premiers banquiers de Paris et de la province
sont à nous. Nous l'emporterons sur toute
autre compagnie, ou bien nous arriverons à
une fusion honorable.

— Toutes les spéculations hasardeuses

sont en dehors de mes habitudes d'affaires,
répondit Picard ; lorsqu'on engage sa signature pour une somme de plus de douze
millions, on doit tout prévoir et tout craindre ;
il faut avoir dans sa caisse la somme pour
laquelle on s'est engagé, et je ne l'ai pas!

— Crois-tu, par hasard, que j'aie dix millions dans ma poche? j'ai cependant souscrit vingt mille actions. Quand des actions
font une prime, on n'est pas embarrassé de
les vendre, et à plus forte raison est-il facile
de les placer au pair. Tu ne sais donc pas
que les actions de cette ligne de fer feront
au moins une prime de cinq cents francs?
Tous tes correspondants, toute ta clientèle,
assiégeront tes bureaux pour en demander, pour en solliciter.

Je me suis fait la loi de m'interdire les bonnes chances, pour me mettre à l'abri des mauvaises; ainsi, mon cher baron, tu ne vaincras pas ma résistance.

— Tu ne peux pas, du moins, me refuser de devenir le banquier de notre compagnie : tu ne payeras ainsi que l'argent que tu auras reçu. Vois donc les noms et les titres qui figurent dans notre conseil judiciaire ! Nous avons la fleur des avoués, des agréés, des avocats et des notaires ; nous tenons à avoir la fleur des banquiers. On aimera mieux porter son argent chez toi que chez tout autre de tes confrères ; ta maison est si haut placée ! elle inspire à tout le monde une si grande confiance !

Picard accepta cette seconde proposition. Ce fut une imprudence, une faute.

Les mœurs légères, excentriques, la vie désordonnée, la morale trop facile du baron auraient dû éloigner Picard de toutes relations avec ce nouveau *courtier d'industrie* dont l'espèce abonde dans notre temps ; mais Picard était obligeant ; ses habitudes modestes, ses mœurs sévères, sa vie de famille mettaient une distance infranchissable entre lui et Longueville ; il croyait ne pas se compromettre en lui rendant service, en l'admettant à une indulgente familiarité.

Il se trompait.

Les intrigants, les gens sans dignité, sans

honneur, sont habiles à faire cause commune avec un galant homme, pour forcer
ainsi ce galant homme à faire cause commune avec eux. Ils empruntent à l'autorité
de son nom une recommandation flatteuse
dont ils ont besoin et qu'ils exploitent. Ils
gagnent chaque jour du terrain par leurs
assiduités, par d'opportunes prévenances;
ils parlent sans cesse, avec ostentation, de
leur chaud dévouement; à les entendre, ils
vous protégent, ils vous défendent, tandis
que le *zèle* de leurs paroles vous discrédite.
Si votre caractère respecté met leur nom
équivoque dans un jour favorable, leur mauvaise réputation jette sur vous de fâcheux
et tristes reflets.

Le baron avait intérêt à crier par-dessus

les toits les vertus de son ami Picard ; mais Picard, malgré toute sa bienveillance, ne pouvait que se taire sur le compte du baron.

C'était donc s'engager dans une mauvaise voie que de mêler son nom à des noms compromis, que d'ouvrir sa maison de banque à une spéculation qui ne devait réussir qu'à force de réticences, d'intrigues et de mensonges. Picard ne donna son adhésion ni par ambition, ni par cupidité, mais par faiblesse et par imprévoyance.

Le baron venait d'obtenir une demi-victoire et il courut exploiter le nom de Picard à la Bourse, en le posant comme associé aux intérêts de la compagnie.

Plus l'époque indiquée pour l'adjudication

de cette ligne de fer approchait, plus les promesses d'actions montaient dans la coulisse.

Dans l'exagération habituelle de son langage, le baron s'essoufflait à répandre le bruit
que la maison Picard était à la tête de la
compagnie.

L'attrait d'une prime considérable qui ne
pouvait, disait-on de tous côtés, manquer de
s'élever à cinq cents francs par action, fit
envahir les bureaux de la maison Picard par
la foule des demandeurs avides.

Le docteur Burdin et le baron arrivèrent
à ce résultat : leur compagnie bâtarde,
grâce au nom honoré de Picard, fut prise au
sérieux et entra dans une fusion générale

avec des compagnies qui offraient de véri-
tables et sérieuses garanties !

Une répartition définitive assura six mille
actions à la maison Picard, qui cette fois les
accepta, bien certaine qu'elles étaient placées
à l'avance dans sa clientèle.   •

Après la signature du traité par le ministre,
les promesses d'actions faisaient en effet cinq
cents francs de prime, et Picard put réaliser
en peu de jours un bénéfice net de deux millions. Gardant en outre deux mille actions
en portefeuille, il fut appelé dans le conseil
d'administration.

Picard entrait à pleines voiles dans cet
océan agité, et souvent plein de tempêtes, des

grandes affaires, des grandes spéculations;
il débutait presque malgré lui par un coup
de maître.

— Ce Picard est-il heureux! s'écria-t-on
de tous côtés dans les bureaux des agents de
change et dans ce monde d'oisifs intéressés à
se persuader que le bien vient en dormant!

Picard recueillait ce qu'il avait semé. Il
avait mis vingt ans à acquérir, à force de
travail, d'économie, par une vie modeste,
une solide réputation, un grand crédit : sa
réputation, son crédit, le désignaient, dans
cette circonstance, comme un homme spé-
cial, qui donnait d'incontestables garanties
d'intelligence et de probité à l'État et au public.

I.   8

Chacun touche du doigt une ou deux fois dans sa vie la Fortune, l'Occasion ; mais que de gens qui laissent échapper par négligence, par distraction, par la mauvaise situation qu'ils se sont faite, les moyens que le hasard leur offre de s'élever ou de s'enrichir ! Ceux-là seuls en profitent, qui se sont créé des titres, des droits et des aptitudes.

Seulement, les uns font leur chemin aussi vite que l'aiguille à secondes, qui parcourt le cadran en une minute ; les autres n'arrivent à leur but que comme cette aiguille moins pressée, qui met douze heures à faire le tour du cadran. Picard commençait à courir comme l'aiguille à secondes, et c'était là le danger.

Le coup de dés, que ne voulait pas jouer le patient et laborieux banquier, lui causa une profonde agitation ; il éprouva d'abord un certain orgueil à constater l'influence de son nom dans le monde financier.

Comme il n'était accoutumé à réaliser, avec beaucoup de travail, à la fin de chaque année, que de médiocres bénéfices, ce gain de tapis vert s'élevant à deux millions lui donna tous les vertiges de la fièvre.

On sauvegarde, on ménage, on respecte l'argent, fruit du travail. Le spéculateur, comme le joueur, ne traite qu'avec le dédain de la prodigalité l'argent que jette dans ses mains un caprice de la fortune.

Un premier succès rend ambitieux d'un
second ; l'enivrement de l'orgueil devant des
richesses si facilement acquises, la confiance
en un avenir toujours heureux, le vif désir
de dépasser ses rivaux sur la route des grandes entreprises, font bientôt prendre en pitié
le jeu régulier, mais certain, des petites affaires et des petits bénéfices.

Picard éprouva à son insu ces divers
sentiments, et son âme jusque-là paisible,
calme, vivant dans le sommeil de toutes
les passions, n'en reçut qu'une plus vio-
lente secousse, qu'un plus profond ébran-
lement.

L'esprit fin et pénétrant de madame Picard démêla bientôt toutes les impressions

qu'avaient reçues de ce coup de fortune l'esprit et le cœur de son mari.

Par une intuition pleine de tendresse, elle s'affligea de ce bonheur, dont elle comprenait toute la portée. Elle comprenait déjà que Picard n'était plus le père de famille laborieux et assidu ; que ce gros succès d'argent devait faire naître dans son âme deux funestes passions : l'ambition et la cupidité. Dans sa sagesse, elle prévoyait surtout que celui qu'elle aimait serait bientôt entouré d'intrigues, de complots, de tous les dangers qui menacent l'homme riche, et surtout l'homme devenu riche.

La situation d'un enrichi n'inspire aucun intérêt ; une grande fortune, prompte-

ment gagnée, excite l'envie de ceux qui
manquent du nécessaire, et même de
ceux qui ne se contentent pas de leur su-
perflu. L'envie est un vice si passionné, si
naturel au cœur humain, que les lois de la
société, de la morale, et les préceptes de la
religion, sont impuissants à le contenir, à
le réprimer ; malgré ces lois et ces préceptes,
l'envie dispose des trappes, ouvre des abî-
mes sous les pieds de l'enrichi, dont l'orgueil fascine souvent la raison, égare l'esprit, endurcit le cœur.

Constance tremblait, de toute la vive affection qu'elle portait à sa famille, d'abord pour
son mari que cette révolution d'argent
si imprévue pouvait conduire à sa perte ;
pour Blanche, dont le mariage n'était point

encore résolu ; pour Anatole, que l'enivrement de faciles richesses pouvait entraîner
à tous les désordres. Elle ne pensait qu'à
l'avenir des siens.

Pour elle-même, ne savait-elle pas son
sort? Ne savait-elle pas qu'elle n'avait plus
beaucoup de temps à vivre, à souffrir?

A compter du jour où Picard entrait dans
les rangs des millionnaires, on dressa contre
lui toutes sortes de batteries ; on ourdit toutes
sortes de complots contre cette fortune à
peine assise; de tous côtés, on tendit des
piéges à cet homme, qui allait perdre la
raison dans la plus triste des ivresses :
celle de l'argent !

IV

IV

Une Surprise.

Cette grosse affaire qui donnait une prime
de cinq cents francs, causa dans Paris une
certaine sensation.

Comme M. Picard était tout à la fois administrateur et banquier de la compagnie, il

devint le point de mire de toutes les cupi-
dités. Ce ne furent que petits billets armo-
riés et câlins de marquises et de duchesses,
billets parfumés et provoquants d'actrices et de femmes galantes, billets avec
têtes de lettres de diverses administrations.
Picard, ce jour-là, comptait beaucoup de
connaissances, d'amis et même des parents.

On lui écrivit de la petite ville où
il était né; on lui rappelait des souvenirs
d'école, des jeux d'enfance, des échanges de
tartines, de taloches, de coups de poing, de
coups de pied; on cherchait à le flatter,
à le rajeunir, pour le rendre généreux.

On se préoccupe aujourd'hui du cours de
la rente, d'actions au pair, de primes, de

reports, dans les sous-préfectures et même dans les villages. Plus d'un paysan s'avisent de vendre de bons quartiers de terre au rabais, mais à deniers comptants, pour doubler cette somme, en espèces, sur le tapis vert de la Bourse.

De ces quartiers de terre et de ces sacs d'écus que reste-t-il? Le plus souvent pas une obole.

Cette fièvre d'agiotage et de convoitise est déjà, dit-on, exploitée dans de petites villes, peu distantes de Paris, par des coulissiers qui s'en vont y porter le soir même, par les chemins de fer, le cours de *la rente, du Lyon*, de *l'Orléans*, de *l'Est* et de *l'Ouest*, du *Crédit mobilier*, etc., etc.; ils tiennent boutique de

toutes ces valeurs, ils en vendent où en
achètent à terme, ils payent ou reçoivent en
liquidation les différences : c'est la vapeur
appliquée à la passion du jeu.

Les commis de la maison Picard reçurent
comme gratification quelques actions au pair ;
le vieux Laurent fut le seul qui ne voulut rien
demander. A ceux qui lui reprochaient sa
ridicule discrétion, il répondait : Grâce à
mes économies, j'en ai bien assez pour aller
jusqu'au bout, pour mourir avec un médecin,
pour me faire enterrer avec un prêtre.

Le plus pauvre était le plus désintéressé.

Dans cette répartition d'actions à primes,
le baron de Longueville et le docteur Bur-

din lui-même parvinrent à obtenir une assez belle part.

Ignorant, ne sachant pas même l'orthographe, le docteur Burdin cultivait avec amour le *lieu commun* et déclamait les *vérités de M. de Lapalisse* avec une grande satisfaction de soi-même; il avait son public.

De nombreux actionnaires trouvèrent le docteur Burdin si grave, si sérieux et si éloquent, que, sur leur demande, cet apprenti financier fut admis dans le conseil d'administration.

Le baron ne voyait, dans cette première affaire de Picard, que l'aurore d'un avenir illuminé de millions.

Un jour, quelque temps après la réalisation de deux cent mille francs de bénéfice, de Longueville et une dame voilée descendaient mystérieusement d'une voiture de place, à l'hôtel de la rue de la Pépinière.

Le baron ouvrit sans bruit, avec une petite clef d'or, une des portes d'entrée de son appartement ; il conduisit dans sa chambre à coucher la dame voilée et alluma lui-même une bougie. Il avait eu le soin de donner congé pour cette soirée à son trop curieux valet de chambre Frédéric, en lui disant le matin : « Je ne rentrerai pas dans la soirée, je n'aurai pas besoin de toi. »

La dame voilée fit le tour de la chambre, pour bien s'assurer que personne n'était caché dans les armoires, derrière les rideaux ; elle ne se décida à soulever son voile qu'après une inspection minutieuse.

— Tant de précautions t'étonnent, baron ? mais j'ai donné mon cœur, tu entends… donné !… à un charmant jeune homme de vingt ans qui a de l'avenir et que je veux garder. Mes meilleures amies sont si méchantes, si envieuses ! si on me voyait entrer le soir chez toi… un libertin… elles feraient tambouriner l'aventure dans tout Paris. Voyons, que me veux-tu ? pourquoi ce mystérieux rendez-vous ?

Cette femme, dont la mère avait traîné sa vie dans les maisons de bouillotte et à Frascati, comptait déjà de trente-quatre à trente-

six ans. Le baron, qui le premier la présenta
dans le monde riche, avait préparé sa célébrité en lui donnant un sobriquet (il aimait
les sobriquets) : il l'avait surnommée *la Cardoville*.

Souvent, quelques-unes de ces malheu-
reuses qui font trafic de leurs charmes se
laissent entraîner dans cette vie honteuse
par les obsessions enivrantes que leur at-
tire leur beauté. La Cardoville était belle ;
elle brillait surtout par une abondante chevelure d'une nuance dorée, par une peau
éclatante de blancheur, par une splendide
poitrine. Ses attraits comme ses vices étaient
héréditaires, et l'on disait d'elle, dans le
monde licencieux où elle vivait : « C'est
tout le corset de sa mère ! »

Grâce au sobriquet et à une seconde éducation qu'elle avait reçus du baron, la Cardoville vendait beaucoup plus cher les restes
de sa beauté qu'elle n'en avait vendu les
prémices; ce n'est guère qu'après de publiques et d'innombrables galanteries que
courtisanes et comédiennes deviennent
des ragoûts de prince.

— Chère amie, dit le baron, depuis quelque temps, je vous ai toutes perdues de
vue; j'ai dû m'occuper de moi seul et de
ma fortune. Voyons, dis-moi, où en est aujourd'hui le personnel des femmes légères
à Paris?

— Mais tu me demandes là *une Histoire*
universelle!

— J'ai besoin de renseignements, j'ai besoin de tes avis, et peut-être de tes services.

— Tu veux me charger de quelque mauvaise action; mais je te préviens que je tourne à la vertu.

— Très-bien ! Voici ce dont il s'agit. Mon ami Picard, le gros banquier (le baron aimait à se vanter de ses relations avec la finance), vient de gagner des millions; il est destiné à en avoir vingt ou trente avant peu de temps. Les millions donnent la danse de Saint-Guy : ceux qui les gagnent subitement, comme par un coup de baguette, sont pris d'une fièvre de plaisirs, d'excentricités, qui les arrache à leur logis et à leur famille. A l'exemple de tous les millionnaires de ma connaissance, mon ami ne tardera pas à me prier de lui trouver un nid élégant, parfumé, où il soit sûr de rencontrer une fidèle et tendre colombe. C'est un bon mari, un bon père de famille : je ne veux pas qu'il puisse être compromis par quelque scandale. Trouve-moi donc une petite femme discrète, tranquille, un peu pot-au-feu, qu'il puisse fréquenter sans danger ; il ne lésinera pas sur les *honoraires.*

— En amitié, comme autrefois en amour, tu as confiance en moi, et ta confiance est bien placée. J'ai ton affaire : une charmante personne ; elle s'appelle Marie : c'est son vrai nom.

— Qu'est-ce que cela, dit le baron avec dédain, Marie?

— Je vais bien t'étonner, c'est une très-honnête fille. Voici son roman; nous avons toutes le nôtre!

— Je t'écoute.

— Marie est la fille d'un colonel qui ne lui laissa, en mourant, aucune fortune... pas un sou; cette mort rendit Marie orpheline : elle avait déjà perdu sa mère. Marie vendit le mobilier dont elle hérita, se créa ainsi quelques petites ressources, et se plaça courageusement comme ouvrière dans une maison de lingerie. Le fils de la maîtresse de cette maison essaya de la séduire

en lui promettant le mariage; mais, bien
qu'il lui eût inspiré de l'amour, elle ré-
sista; ce faux don Juan ne tarda pas à l'abandonner pour épouser une dot. Les hommes
nous accusent de les tromper, et ils ont
raison; conviens qu'en vous trompant nous
ne faisons que prendre une revanche! La
jeune fille, désespérée, vint se réfugier dans
une des mansardes de la maison que j'ha-
bitais; je la rencontrai plusieurs fois sur
l'escalier : je fus frappée de sa beauté et de
sa silencieuse tristesse.

— Tu ne me fais pas un conte? dit le
baron.

— Je n'y ai aucun intérêt. Je continue.
En rentrant un soir chez moi vers minuit,

je me sentis suffoquée par une odeur de
charbon. Entraînée par un mouvement presque involontaire, je montai vite jusqu'à la
mansarde dé la jeune fille : je frappai; on
ne me répondit pas. La porte était si mal
fermée, avec une si mauvaise serrure, que,
d'un coup de pied, je l'ouvris.

Baron, je ne te dis pas de farces! Je vis
là un triste spectacle qui m'émut jusqu'aux
larmes : Marie était étendue sur son lit,
mourante; au milieu de la chambre, des
charbons brûlaient encore dans un réchaud;
j'ouvris toutes grandes la porte et la fenê-
tre. Marie faisait entendre les gémissements
de l'agonie; j'appelai au secours; on vint
aussitôt; un médecin accourut, et, à force
de soins, Marie put être rappelée à la vie.

Sur une table, je remarquai un papier; j'y lus cette phrase : « Je suis seule : je me trouve trop malheureuse, je vais rejoindre mon père et ma mère. »

Une locataire de la maison, une brave femme, madame Dominique et moi, chacune à notre tour, nous passâmes plusieurs nuits près de Marie : elle nous en témoigna la reconnaissance la plus vive. Alors, je m'intéressai vivement à elle. Je n'hésitai pas à lui donner les tristes conseils que nous dicte l'expérience.

« Chère enfant, lui dis-je, sachez que la pauvre fille dans la misère, travaillant pour manger, n'est bonne qu'à être trompée, séduite, abandonnée; mais si certains hom-

mes nous rencontrent, nous autres, parées
de riches étoffes, couvertes de diamants,
insolemment assises dans un équipage...
oh! oh!... c'est bien différent! Étoffes, diamants, équipages, nous devons souvent tout
cela ; mais notre luxe les flatte, éblouit leur
vanité bien plus encore que la nôtre, et,
pour se pavaner de notre conquête qu'on
envie, de notre élégance qu'on cite, ils nous
couvrent de billets de banque, aumônes
vaniteuses où la charité et l'affection n'en-
trent pour rien! »

— Tu parles comme un livre, chère
amie.

— Par malheur, les bons exemples
comme les mauvais laissent des impres-

sions ineffaçables. Dans sa famille, les mots *honnêteté, vertu, honneur,* sont les seuls qui aient frappé l'oreille de Marie, et malgré mes conseils plus sages qu'ils n'en ont l'air, son âme est aussi enracinée dans le bien que la mienne et la tienne le sont dans le mal.

—Mais, ma chère, c'est toi qui me proposes de faire une mauvaise action, de corrompre une fille vertueuse!

— Ton ami fera une bonne action, au contraire, en éloignant d'elle ces chiens d'hommes capables d'abuser de sa jeunesse, de sa beauté, sans faire cesser sa misère. Madame Dominique qui l'a soignée avec moi, a recueilli Marie dans une maison dont elle est, je crois, propriétaire, et où elle habite maintenant ; elle la loge, elle la nourrit, elle la traite comme son enfant.

Il faut que ton ami Picard se présente sous un nom d'emprunt et ne dise point qu'il est marié : Marie est sage, instruite, charmante, bien élevée ; c'est une la Vallière que ton ami trouvera sur sa route, et de notre temps les la Vallière sont rares. Il vous faudra imaginer un prétexte pour cette première visite ; ton ami le banquier offrira à Marie, que j'aurai prévenue, une place de demoiselle de compagnie près d'une sœur riche et veuve. Elle refusera ; mais vous vous serez introduits dans la place, et ce sera un grand pas de fait.

— J'ai bien suivi le drame en cinq actes

que tu viens de me conter. Je vois comment
il faudra s'y prendre avec cette jeune fille et
surtout avec Picard ; il a bon cœur, cette
fille lui inspirera de l'intérêt; l'amour viendra
plus tard chez Marie par reconnaissance, et
chez son protecteur par le souvenir de tous
les sacrifices qu'il aura faits pour elle. Le jour
où mon ami le millionnaire sera pris de
la danse de Saint-Guy, je te demanderai
l'adresse de ta la Vallière, tu lui annonceras
notre visite, avec tous les ménagements,
c'est-à-dire avec toutes les ruses, avec tous
les mensonges que tu jugeras nécessaires.

Le baron, dont l'imagination était chaque
soir excitée par de fins dîners, s'approcha de
la Cardoville et voulut se permettre quelque tendre familiarité d'autrefois.

— Baron, des services d'amie tant que tu
voudras... mais rien de plus. Je t'ai aimé,
scélérat, et tu m'as quittée; j'avais cependant manqué ma fortune pour te rester
fidèle!

A la grande surprise du baron, un bruit
d'éclats de rire interrompit cette conversation qui allait tourner aux reproches.

La Cardoville s'empressa de baisser son
voile et s'écria :

— Traître, il y a quelqu'un ici!

Le baron sortit de sa chambre et se diri-
gea vers la salle à manger, d'où partaient
les éclats de rire.

La porte en était fermée, mais on pouvait entendre tout ce qui s'y disait.

Le baron, qui tenait à ne pas être accusé de trahison, revint dans sa chambre pour calmer les inquiétudes de son ancienne amie.

— Croirais-tu que mon valet Frédéric donne à souper dans mon linge de table, dans mon argenterie, à cinq ou six domestiques de ses amis?

— Allons donc les écouter, reprit en riant la Cardoville.

Tous deux traversèrent le salon sans lumière, marchant sur la pointe des pieds, ayant bien soin de ne pas faire le moindre bruit. Ils s'assirent de chaque côté de la porte de la salle à manger, pour ne rien perdre de ce qui pouvait se dire.

Il fallait entendre toutes les *santés* que les convives se portaient ! Ils faisaient l'éloge des vins, singeant les manières et prenant le langage de leurs maîtres. Ils se donnaient aussi les uns aux autres les noms et les titres des personnages qu'ils servaient.

Frédéric s'appelait M. le baron ; le valet de chambre du comte de la Roserie s'appelait M. le comte, et, sous les noms, sous les titres de leurs maîtres, ils buvaient à grands verres comme des laquais.

Frédéric prit solennellement la parole.

— Vous savez que nous venons de gagner quelques cent mille francs et qu'un de nos amis, le banquier Picard, vient de gagner trois ou quatre millions. La maison Picard doit nécessairement changer de face. Il se fera là de grandes affaires, de gros bénéfices, il faut donc qu'un des nôtres s'introduise dans la place et nous tienne au courant de toutes les opérations de Bourse qui devront réussir.

L'intérieur de cette maison est depuis longtemps gouverné par le vieux Laurent, domestique arriéré, qui ne songe qu'à faire des économies; les conditions bourgeoises abaissent l'esprit! Il faudra initier M. Picard aux bonnes manières, au luxe, à une grande existence. Il faut que M. *de* Picard ait un hôtel, une écurie, une chasse, un châ-

teau, un nombreux domestique et des maîtresses. Un valet de chambre intelligent fait
ce qu'il veut de son maître, en flattant sa
vanité, en cultivant ses mauvais penchants,
en passant une main caressante sur toutes
ses faiblesses. Tout le monde a les siennes ;
les maîtres ont les leurs ; nous-mêmes, nous
avons peut-être les nôtres !

Je ne veux pas faire ici le professeur ;
mais croyez que ma position inébranlable
près du baron, je ne la dois qu'à de longues
et sérieuses études.

J'étudie les variations de sa santé,
j'étudie ses impressions, ses émotions de
chaque jour, j'étudie jusqu'à ses digestions !
Je courbe la tête dans les mauvais quarts

d'heure pour la relever aux bons moments.

Hier, je tenais à questionner mon maître
sur les chances de bénéfices que pouvaient
avoir certaines actions ; il avait beaucoup
perdu dans la journée à la Bourse, et dans
la nuit au baccarat ; l'instant était mal choisi ;
le baron m'envoya promener ; pour se calmer il prit un bain. « Vous voilà en ma
puissance, vous m'appartenez, lui dis-je
alors, en le voyant humble comme le poisson dans l'eau ; vous serez bien forcé de me
répondre maintenant. » Mais le baron se
mit en fureur. Je changeai vite de langage ;
nous ne sommes que des pots de terre !

« Le linge de M. le baron sera bien chaud,
répliquai-je ; ce bain rafraîchira le sang de

M. le baron ! Il faut que M. le baron ait
bien garde toute cette journée de prendre
froid ! »

Ces paroles de dévouement firent leur
effet, le baron s'attendrit, et j'obtins de lui
tous les renseignements qui devaient m'être
utiles.

Il est surtout pour nous, messieurs, un
premier devoir : la flatterie, la flatterie
à toute heure, en toute occasion. Les
vaniteuses dépenses du baron : généro-
sité; les gains de Bourse ou de jeu :
savoir-faire ! Je suis tout enthousiasme pour
la maîtresse en faveur, tout dédain pour
la maîtresse en disgrâce. Si je surprends
monsieur heureux d'être au monde, se mi-

rant, s'admirant, levant la tête, tendant le jarret, je ne manque jamais de m'écrier : Comme M. le baron a bonne mine ! M. le baron ne s'est jamais si bien porté ! Comme M. le baron a l'air jeune ! Comme M. le baron doit encore plaire aux femmes !

Un valet de chambre de l'antiquité se permettait, dit-on, de répéter tous les matins à son maître : « Souviens-toi que tu es homme ! » Moi, je persuade tous les matins au baron qu'il est presque un dieu !

Le valet de chambre du comte de la Roserie proposa un toast en l'honneur de Frédéric.

On en était au dessert, et on ne trinquait plus qu'avec les vins les plus fins de l'Espagne.

Le vrai baron, qui écoutait la bouche béante et ne perdait pas un mot de ces entretiens, prenait assez gaiement cette incartade et ces roueries de l'impertinent Frédéric; il approuvait même assez volontiers ses plans, ses projets sur la maison Picard.

— Messieurs, dit un des convives, pourquoi ne nous enrichirions-nous pas comme nos maîtres? Ayons comme eux nos agents de change et suivons la marche de leur jeu. Au parquet, les imbéciles changent leurs pièces de vingt francs en pièces de vingt sous; ayons l'esprit de convertir nos pièces de vingt sous en pièces de vingt francs, et nos estomacs de laquais s'habitueront aux pâtés de foie gras, aux homards, aux truffes, aux excellents vins, à tout ce que Frédéric nous fait manger et boire, — tout comme si nous étions barons, comtes ou marquis.

— Imitez-moi, reprit Frédéric ; n'était la serviette que je suis quelquefois forcé de porter sous le bras, je m'habille comme le baron, j'ai autant d'esprit que le baron, et je lui ressemble à ce point qu'on se demande si c'est Frédéric qui copie le baron ou si c'est le baron qui singe Frédéric. Je suis déjà assez riche pour ne me refuser aucune des maîtresses de mon maître, lorsque ses maîtresses me plaisent. J'ai été aimé, mais presque ruiné par la dernière drôlesse qui a régné sur son cœur et sur sa bourse ; il la nommait *la Cardoville.*

Grâce à l'obscurité du salon, Longueville

ne put juger de l'émotion et de la colère de
son ancienne maîtresse, pas plus que la
Cardoville ne put voir quelle grimace faisait le baron, en apprenant qu'il avait eu
pour rival son valet de chambre.

— Eh bien! mon cher, dit à voix basse la
Cardoville, n'ai-je pas eu raison de ne pas
te dire le nom de celui que j'aime? Tu ne te
serais pas couché avant de lui avoir conté
cette plaisanterie. Conviens qu'elle est drôle
et que notre situation est assez comique.

Au milieu des éclats de la plus folle gaieté,
Frédéric revint au côté sérieux de l'*affaire*.

— Messieurs, dit-il, qui choisissons-nous
pour surveiller, pour diriger la fortune de
la maison Picard?

— Je ne vois que toi à la hauteur de cette besogne, reprit le faux comte de la Roserie.

— Messieurs, je suis trop attaché au baron, il a trop besoin de moi pour que je le quitte ; mais, je le reconnais, la besogne sera rude. Vingt ans d'économie, de régularité, d'ordre, de *lésinerie*, remplissent un logis de beaucoup de poussière et de beaucoup de toiles d'araignées. Il ne sera pas facile d'épousseter, de nettoyer, d'approprier ce taudis : il faudra batailler contre toutes les mauvaises habitudes des maisons honnêtes.

Il faudra prendre l'affaire de haut, rompre avec le passé, trancher dans le vif,

n'écouter aucune plainte, et n'accepter sur
la dépense aucun rabais. Il faudra du savoir-faire, de la décision, et une certaine
impertinence. L'impertinence réussit assez,
auprès des petites gens! Ainsi, messieurs,
pensons-y sérieusement; cherchons, chacun
de notre côté, un candidat, et l'élection se
fera ensuite à la majorité des voix.

C'est une affaire qui en vaut la peine!
jurons tous, le verre à la main, de ne jamais
servir chez ces gredins de bourgeois qui
liardent avec leurs domestiques; dévouons-
nous à la vraie noblesse d'aujourd'hui, aux
millions!

Le faux comte de la Roserie, après cette
harangue de Frédéric qui fit vider bien des

verres, invita à souper... à la table de son
maître, tous les convives présents, pour la
semaine suivante.

« Le baron et son ancienne amie crurent
sage de battre en retraite.

— Vous avez là, baron, pour valet de
chambre un coquin bien insolent et bien
indiscret !

— Vous pourriez ajouter que j'ai eu pour
maîtresse une femme... bien digne de lui,
bien peu digne de moi ! Ceci me prouve
qu'avec de l'argent on peut tout avoir, tout
acheter, excepté quelque chose d'honnête.

— Je te quitte... mon ami, tu fais de la
morale, tu deviens bête.

Le baron, qui se piquait de façons de grand seigneur, reconduisit poliment la Cardoville jusqu'à la voiture, et comme les roués de la Régence, il s'empressa d'aller conter dans les coulisses de l'Opéra, en en faisant des gorges chaudes, le secret de sa mésaventure ; il ne cacha que le nom de l'héroïne.

Il tenait à être le premier à en rire, pour se mettre à l'abri des moqueries et des quolibets — en les devançant.

En sortant de l'Opéra, le baron s'était rendu à Tortoni. Un tilbury, attelé d'un cheval de sang, bai brun, qui attirait tous les regards, s'arrêta à l'entrée de la rue Taitbout.

Un jeune homme d'une élégance irréprochable et du meilleur goût en descendit. C'était Anatole.

— Bonsoir, baron, s'écria-t-il en apercevant de Longueville.

Anatole n'avait la bride sur le cou que depuis un mois environ, et déjà il pouvait rivaliser de bonne tenue, de grandes manières avec les jeunes gens les plus à la mode et les mieux *nés*. Il prit le bras du baron et l'entraîna sur le boulevard.

Notre jeune échappé du collége n'avait-il pas déjà bien des choses à lui conter ?

— Est-ce que votre père vous a donné un cheval et un tilbury ?

— Je n'ai pas trop suivi vos conseils, baron, et mon luxe n'est qu'une preuve de mon crédit. J'ai fait un petit mensonge à mon père ; il croit que le comte de la Roserie me prête ses domestiques, ses chevaux et ses voitures. Mais j'ai du nouveau à vous apprendre : je suis amoureux d'une femme charmante qui prétend qu'elle n'a jamais aimé que moi ; j'ai déjà donné quelques meubles, un peu de dentelles et de diamants. Notre bonheur est sans nuages ; elle croit à ma fidélité, je crois à la sienne ; malheureusement, malgré les deux millions que vient de gagner mon père, ma bourse est un peu à sec. Indiquez-moi donc quelque usurier qui ne m'écorche pas trop...

— Jeune homme, vous voilà déjà dans la

mauvaise route que je vous avais dit d'éviter. Tenez, ajouta le baron, en tirant de son portefeuille quelques billets de mille francs : avec moi du moins, vous n'aurez pas à faire de lettres de change. Nous compterons plus tard. Mais, voyons... je connais tout Paris ; quel est le nom de votre brillante conquête ?

— Ah ! je crois que son nom n'est qu'un sobriquet ! on l'appelle la Cardoville.

Le baron partit d'un éclat de rire et il allait raconter l'anecdote de sa soirée ; mais il réfléchit : « Ce jeune homme, se dit-il, a déjà fait quelques frais de premier établissement ; une autre ne lui serait pas plus fidèle : laissons-lui ses illusions ; d'ailleurs, je menacerai la Cardoville de tout dire si elle abuse de l'amour de ce jeune fou. » Il expliqua facilement son accès de gaieté par l'étrangeté du sobriquet de la *Cardoville*, et il eut le bon goût de ne pas se venger de celle qui l'avait trompé.

Le baron pensait que son infidèle amie pouvait bien aimer ce beau garçon et tiendrait à ne pas trop l'endetter. Lui aussi, il avait encore des illusions !

Anatole, tout en lui faisant confidence de sa nouvelle passion, n'en pria pas moins de Longueville de lui faire obtenir ses entrées dans les coulisses de l'Opéra, et de le présenter à dix ou douze actrices presque célèbres qu'il lui nomma.

La surveillance paternelle manquait à ce jeune fou ; il avait déjà perdu la tête en voyant tomber à l'improviste deux millions dans la caisse de son père. Picard se préoccupait de grandes affaires ; marié, et ayant toujours vécu en famille, il ignorait les séductions et les dangers qui entouraient son fils, et lui-même, depuis cette nouvelle et subite fortune qui avait fait tant de bruit.

Quant au baron, ce n'était point l'expérience qui lui manquait ; mais son goût effréné pour les plaisirs, que l'âge n'avait point calmé ; ses mœurs, plus que légères, ne pouvaient donner à Picard et à son fils que de fâcheuses leçons et de mauvais exemples.

Anatole ne s'était point encore livré à la passion du jeu ; mais sur la pente de cette vie inoccupée et toute de plaisirs, il ne pouvait manquer de tomber tôt ou tard dans toutes les folies.

Le baron quitta Anatole et rentra chez lui vers deux heures du matin. Il ne retrouva aucun vestige des ripailles de la veille, et, par dignité, par amour-propre, il garda le silence sur tout ce qu'il avait vu et entendu.

Après tout, la morale de Frédéric n'était-elle pas celle du baron !

V

V

Les Jeux de Bourse. — Le général de Rhétorière. — Monsieur Ledain.

Rien n'était encore changé dans l'intimité de la maison Picard.

Le nouveau millionnaire était cependant, malgré lui, entraîné à un nouveau genre de vie. Ses matinées se trouvaient prises par

les visites intéressées d'une foule de gens à
projets.

Il commençait à ne plus rejeter sans examen les inventions, les découvertes utiles
ou même ridicules qu'on venait lui soumet-
tre ; il regardait, du reste, presque comme
un devoir de protéger, d'encourager le commerce, l'industrie, d'aider de ses capitaux
les hommes intelligents, honnêtes et laborieux.

Grandes lignes de fer, entreprises de
voitures publiques, quartiers nouveaux à
construire, procédés économiques de fabri-
cation, découvertes scientifiques, journaux
littéraires ou industriels à créer, toutes les
affaires, et des meilleures, affluaient chez

l'heureux banquier et le détournaient du train ordinaire et régulier de sa maison.

Les habiles lui avaient surtout fait apprécier les avantages des sociétés anonymes. Dans ces sociétés, pas de responsabilité personnelle; l'honneur n'est pas engagé, on n'y compromet jamais son crédit, disait le baron : ce sont les écus qui luttent, ils sont vainqueurs ou vaincus.

La société anonyme a surtout été inventée pour ces grandes conceptions dont le capital ne saurait être garanti par des fortunes individuelles. La spéculation ne peut d'ailleurs produire de grands mouvements à exploiter que lorsqu'elle agit sur une masse d'actions considérable.

Parlait-on au baron d'un capital de six à dix millions ? il répondait en levant les épaules :

— Mais il n'y a rien à faire à la Bourse avec un si petit morceau ; six à dix millions, ce n'est qu'une bouchée !

Picard s'était laissé convertir à ces affaires colossales d'un capital social d'au moins cent millions. Déjà célèbre par plus d'un succès, la maison Picard régnait despotiquement au parquet et dans la coulisse. Les opérations nouvelles dont elle se chargeait y excitaient l'engouement des spéculateurs ; les entreprises agonisantes qu'elle ressuscitait dans son crédit reprenaient aussitôt la faveur et la popularité.

De là, pour ce grand comptoir, des manœuvres qui lui assuraient des bénéfices
illimités.

Lorsque le financier Picard devait, par
des mesures administratives, peser sur des
valeurs industrielles, les rendre *lourdes* sur
le marché, il en jetait à l'avance par milliers dans la coulisse : ces valeurs étaient
condamnées à la baisse.

Lorsqu'il devait remettre en crédit des
valeurs délaissées, il faisait à l'avance une
razzia de ces valeurs qui *s'offraient* à vil prix :
celles-là étaient vouées à la hausse.

C'était un jeu bien simple : le public recevait toutes les basses cartes, Picard et ses

amis se donnaient tous les atouts. Ceux qui
savent adroitement exécuter ces tours de go-
belet passent aujourd'hui pour de grands
génies en finances.

Le baron de Longueville vint un jour pro-
poser à Picard la plus savante, la plus admirable combinaison pour pêcher en eau
trouble une masse de millions d'un seul coup
de filet.

— Voici, dit-il, comment il faudrait s'y
prendre.

Il s'agissait d'une ancienne ligne de chemin de fer, isolée, et comme oubliée dans un
coin de la France. Les actions créées étaient
de cinq cents francs; elles descendirent à
soixante-douze francs.

— Fais acheter adroitement, dit le baron, les actions offertes sur la place ; quand elles seront entre tes mains, rejettes-en sur le marché jusqu'à ce qu'elles tombent à quinze ou vingt francs ; la panique s'en mêlera, et tu rachèteras toutes les actions pour rien. Tu trouves ensuite le moyen de relier cette ligne de fer, d'un petit parcours, à une des grandes lignes qui prospèrent ; les actions achetées à quinze ou vingt francs remontent au prix d'émission, même avec une prime de deux ou trois cents francs. Les premiers actionnaires seront ruinés, mais tu gagnes douze ou quinze millions.

Picard, silencieux, paraissait hésiter.

— Mais n'hésite donc pas, s'écria le baron, ne fais-tu pas ton métier? n'es-tu pas spéculateur? Qu'est-ce que spéculer? C'est vendre et acheter; on achète bon marché et on vend cher, voilà tout; on ne spécule que pour s'enrichir. C'est là le but; qu'importent les moyens? Ceux qui perdent à ce jeu-là sont des imbéciles; toi, tu ne fais qu'user des avantages que te donnent d'immenses capitaux qui, après tout, ne doivent pas rester improductifs dans tes mains.

Le banquier était devenu un homme cupide et ambitieux : il finit par adopter ce projet, qui aurait pu, d'ailleurs, être exécuté par un autre dans de moins bonnes conditions. C'eût été là une affaire gâchée!

Surmené par les conseils du baron, par
la fièvre du jeu, par des concurrences ja-
louses, par la nécessité de mettre la main
sur de gros bénéfices, puisqu'il pouvait su-
bir de grosses pertes, — Picard se sentait
forcé bien souvent de faire taire d'impor-
tuns scrupules de conscience, et de s'é-
carter de ses anciennes habitudes de prudence et de délicatesse.

L'ambition financière de Picard ne s'ar-
rêtait pas même aux bénéfices fabuleux de
ses jeux de Bourse. Avec l'aide de ses ressources immenses, il s'attaquait, par une
concurrence redoutable, à des établisse-
ments privés. Il monopolisait, par des com-
mandites décisives, plus d'un commerce,
plus d'une industrie, par exemple, la *nou-*

veauté, la *confection*, l'*hôtel garni*, et même jusqu'à la *table d'hôte*.

Il voulait, disait-il, doter chaque département d'une succursale de la maison Picard. Il s'était promis d'écraser tous les banquiers, même les Rothschild! il visait secrètement à révolutionner la Banque de France pour la remplacer.

Dans son ivresse, Picard osait tout, et la fortune ne se lassait pas de protéger son audace.

Grisé par les millions, gâté par des flatteries perfides, intéressées, il ne pouvait plus s'arrêter sur cette pente du succès, pente plus rapide peut-être que celle du malheur.

Le navire de la maison Picard, poussé par le vent, emporté par les flots, ne pouvait plus regagner les bords paisibles du rivage, qu'il se promettait autrefois de ne jamais quitter.

De nouvelles et nombreuses relations arrachèrent Picard aux dîners de famille. Il dut surtout fréquenter ses collègues des conseils d'administration dont il faisait partie.

Dans ces réunions, il se prit d'une grande sympathie pour le comte de la Roserie, qui lui fut présenté, et dont le bon sens, la bonne tenue, la précoce intelligence le surprirent et le charmèrent.

Le comte de la Roserie se tenait au cou-

rant des œuvres littéraires, des œuvres d'art,
des mouvements de l'industrie ; il avait déjà
visité presque toutes les grandes capitales
de l'Europe. C'était un homme d'un très-
aimable commerce ; mais il avait une très-
bonne opinion de soi : il voulait être compté.

Avec toutes ses bonnes qualités, un rien,
une misère, le rendait même presque ridicule : il se montrait aussi entiché de son
titre de comte, — que s'il n'avait pas eu le
droit de le porter.

Sa couronne de comte resplendissait, brodée aux coins de ses mouchoirs, gravée sur
la pierre fine d'une bague, en relief sur la
boîte en or de sa montre, sur ses voitures,
sur ses harnais, sur son argenterie, sur des

chaises en tapisserie, sur des coussins pour les chaussures. Il était comte des pieds à la tête.

Le titre de gentilhomme lui dérangeait l'esprit; il faisait toutes choses en gentilhomme : il vivait en gentilhomme, il aimait en gentilhomme, il montait à cheval en gentilhomme, il jouait en gentilhomme, il tirait l'épée en gentilhomme.

Aux moindres rassemblements populaires, il s'écriait, plein de dédain pour notre société démocratique :

— Vous verrez que nous serons encore forcés d'émigrer !

Une seule chose le passionnait autant que

son titre de comte : l'argent ! il était cupide !
sans être avare.

Les grands succès de Picard le rendirent
courtisan de la roture et de la fortune du
banquier ; il s'appliquait à lui plaire.

Dans les bureaux de Picard, pendant les
fréquentes absences du chef de la maison,
le zèle du jeune de Rhétorière suffisait à
tout ; il avait même pris, à force d'assiduité,
une autorité reconnue par tous ; on le con-
sultait, on l'écoutait, et les anciens clients
ne s'adressaient plus qu'à lui.

Madame Picard se préoccupait des nouvelles distractions, des nouvelles habitudes
de son mari. La mère de famille eût sou-

haité que son mari et ses enfants restassent plus que jamais auprès d'elle, comme pour doubler le temps trop court où elle pouvait encore les voir et les aimer. Blanche elle-même prenait souci de cette situation : elle pressentait de mauvais jours.

Quel fut l'étonnement du jeune de Rhéto-rière, lorsqu'au milieu des *allants* et *venants*, il vit entrer, un matin, son oncle le général !

— Monsieur Picard est-il ici? demanda le général d'un ton bourru.

— Non, mon oncle, mais madame Picard est chez elle.

— Je viens remplir une mission dont j'ai

été contraint de me charger. Mon conseil
général m'envoie près de ton patron pour
le décider à former une compagnie sérieuse,
qui donne enfin un chemin de fer à notre
département. Pour peu que tu aies montré
ma lettre qui te déshérite, je ne serai pas
bien reçu ici ; mais enfin je fais mon devoir.

— Mon oncle, je vais savoir si, en l'absence de son mari, madame Picard peut
vous recevoir.

Le jeune commis revint avec joie annoncer
au général qu'il pouvait monter au salon.

Au moment où madame Picard reçut ce
visiteur inattendu et de fâcheuse humeur, sa

fille était près d'elle. Toutes deux étaient
très-émues, et surtout très-curieuses du motif
qui amenait le général ; mais, dans cet entretien, les interlocuteurs ne tardèrent pas à
changer de rôle.

La tenue modeste de la mère et de la fille,
la grâce intéressante et sympathique de l'une,
la beauté séduisante de l'autre, le parfum
de mœurs honnêtes qu'on respirait dans
cette maison surprirent et désarmèrent le
général : il se trouva comme embarrassé
de la situation que lui faisait près de cette
famille la lettre écrite par lui à son neveu,
et si pleine de préventions injustes.

Le vieux soldat changea de ton : son lan-
gge, ses façons tournèrent à la plus aima-

ble bienveillance. Il fit connaître le motif
de sa visite et témoigna le désir de causer
affaires avec M. Picard.

Tout cela fut bientôt dit, et chacun se ren-
ferma de nouveau dans une réserve qui tra-
hissait l'intérêt de la situation.

Qui oserait le premier rompre la glace?
Le général allait-il faire amende honorable,
désavouer ses opinions contre le commerce,
contre l'argent? Ce fut lui, en effet, qui,
le premier, aborda la question difficile.

— Si mon neveu vous a fait confidence
d'une lettre que je lui ai écrite et d'une résolution que j'avais prise, vous devez, madame, avoir conçu de moi une mauvaise

idée. J'ai traité mon neveu durement, et je reconnais aujourd'hui que j'ai eu tort. Heureusement ma lettre ne lui a pas nui dans la maison, puisqu'il y est resté.

— Monsieur le comte, répondit madame Picard, M. de Rhétorière, votre neveu, a toujours fait preuve de zèle, d'intelligence et d'activité; M. Picard en fait très-grand cas.

Le général, arrivé de la veille à Paris, ne se doutait pas de l'accroissement de fortune, de la transformation de la maison Picard.

— Croyez bien, madame, que dès ce moment j'ai tout à fait changé d'avis; mon

neveu trouverait en moi un oncle moins fâcheux et de meilleure volonté.

— Votre neveu, général, est digne, selon
moi, de toute votre affection.

— Je suis heureux, madame, d'entendre
de vous de telles paroles.

Pendant cet entretien, la physionomie de
la jeune Blanche et de sa mère s'éclairait
d'un rayon de joie et d'espérance, lorsque
Picard, averti de la présence du général,
entra dans le salon.

L'expression du visage est souvent plus
indiscrète que la parole elle-même. Le front
du père de famille était soucieux.

Modeste banquier, il n'avait tenu que peu de compte de la lettre de M. de Rhétorière. Devenu un homme important, considérable, il se souvint de cette lettre avec amertume, ressentiment.

Picard était habitué déjà à l'encens qu'on brûlait à ses pieds. Son attitude presque hostile et résolue n'échappa à aucun des acteurs de cette scène.

Cédant à sa nature vive et passionnée, le général, lui aussi, changea de sentiment et de langage; il fit connaître très-sèchement le but de sa visite, et Picard s'empressa de répondre, sur le même ton, qu'il ne pouvait se charger de nouvelles affaires.

Après cette demande et cette réponse, le

comte de Rhétorière salua avec un respect affecté et se retira sans mot dire.

Blanche quitta le salon pour mieux cacher sa douleur, et les deux époux eurent à s'expliquer entre eux sur l'avenir de leur fille.

—Adolphe... dit Constance avec douceur, tu as bien mal reçu ce pauvre général !

—Oui, tu as raison, j'ai peut-être eu tort ; mais, aussi, ce vieux soldat fait trop bon marché des gens qui, par leurs capitaux, par leur intelligence, savent donner un nouvel essor aux progrès du commerce et de l'industrie ! Le temps est au travail, aux affaires, et non pas aux coups de sabre. Une alliance avec cette famille, dont le général est aujourd'hui le chef, serait une faute.

— Mais, mon ami, le jeune de Rhétorière ne pense pas comme son oncle ; il est actif, dévoué pour tous nos intérêts ; il te rend plus que jamais des services, et, si tu t'en souviens... c'est toi qui as voulu qu'il restât dans nos bureaux.

—Eh bien ! j'ai eu tort ; nous devons penser à l'avenir de Blanche, et la présence d'un jeune homme qui a demandé sa main pourrait nuire à son établissement. J'ai en tête des idées nouvelles, j'ai un projet... j'ai fait un choix ! Quand j'aurai tout dit, tu comprendras comme moi qu'il nous faut prendre un parti. Le jeune de Rhétorière n'a fait de

confidence qu'à toi seule ; charge-toi donc
de lui apprendre, avec ménagement, mon
refus définitif, fais-lui comprendre que les
bienséances exigent qu'il songe à quitter
cette maison.

C'était la première fois que Picard impo-
sait sa volonté ; Constance en éprouva une
émotion et une douleur qu'elle s'efforça de
contenir : elle ne comprenait que trop bien
qu'une triste révolution s'était faite dans l'esprit et le cœur de celui qu'elle aimait. Elle
courba la tête et promit d'obéir. Elle sentait
que la moindre observation, la moindre dis-
cussion, en irritant son mari, le ferait per-
sister plus encore dans ses nouvelles réso-
lutions.

Comme pour se pardonner à lui-même ce premier acte de despotisme, Picard avait embrassé sa femme en la quittant !

Le neveu du général fut donc appelé par madame Picard : elle lui raconta ce qui venait de se passer ; tout en lui montrant la plus douce bienveillance, les plus vifs regrets, elle lui fit pressentir la seule décision qu'il eût à prendre.

Le jeune homme en fut atterré ; les paroles lui manquèrent d'abord pour exprimer sa surprise et sa douleur.

M. de Rhétorière n'était point un esprit brillant ; il manquait de confiance en lui-même ; mais son amour du travail, sa

religion du devoir, son esprit réfléchi et
appliqué, la dignité de son caractère, les
sentiments les plus généreux suppléaient
à bien des qualités de convention ; d'ailleurs, il était jeune, élégant, distingué de
sa personne : on comprenait qu'il eût gagné
le cœur d'une jeune fille bien élevée.

— Madame, répondit-il avec émotion,
j'aurai quitté ce soir cette maison pour n'y
plus reparaître. Je n'oublierai jamais les
égards qu'on m'a prodigués et la confiance
dont on m'a honoré ; je m'efforcerai d'im-
poser silence à des sentiments qui étaient
pour moi le bonheur, et qui aujourd'hui
ne sont plus qu'une cruelle souffrance...

M. de Rhétorière se retira. Blanche vint

se jeter au cou de sa mère; elles pleurèrent
ensemble, agitées toutes deux par des sentiments bien différents.

— J'obéirai, s'écria Blanche, à la volonté
de mon père; il peut me défendre d'épouser
M. de Rhétorière, mais je n'en épouserai
point d'autre.

La mère et la fille comprenaient que c'en
était fait pour elles de cette vie toute d'intérieur et de famille, où le bonheur savait tenir la première place.

Paris est plein de gens qui se disent chaque matin en se levant : — Comment s'y
prendre pour mettre la main sur le bien
d'autrui? Paris est plein de ces fripons qui,

sous divers masques, jouant des rôles divers,
font métier d'escroquer des aumônes, d'ex-
torquer de l'argent, et qui demandent toutes
les places vacantes ou non, semblables au
milan qui cherche des yeux, dans les airs,
des oiseaux dont il puisse faire sa proie.
Toute cette canaille se mit à la poursuite des
millions du nouvel enrichi. Les misères honnêtes souffrent en silence et dans l'ombre !

Parmi ceux dont la nouvelle fortune de
Picard excitait le plus l'envie et la convoitise, figurait un M. Ledain, qui entretenait
depuis longtemps les relations les plus secrètes avec la Cardoville.

C'était un homme d'une cinquantaine
d'années ; sous des façons de paysan du Da-

nube, il cachait un fonds inépuisable de dis-
simulation et de perfidie ; il avait fait sans
y réussir tous les métiers ; ce n'était point
l'intelligence qui lui manquait ; c'était un
esprit droit, un cœur droit.

Une fois le pied dans votre logis, il tenait
à vous épargner, à force de zèle et d'activité,
tous soins, tous soucis d'affaires, — et au moment où il complotait votre ruine, il criait sur
les toits qu'il se jetterait dans le feu pour vous;
rusé flatteur, il eût, dans son obséquiosité,
tué la mouche osant bourdonner à votre
oreille ; il eût sali son mouchoir et la man-
che de son habit à chasser la poussière de
votre chapeau et de vos bottes ; expérimenté
coquin, il se liait par tous les moyens avec
les bandits qui pouvaient aider l'exécution

de ses plans, de ses roueries, de ses crimes.

Ledain fut, un des premiers, averti par la
Cardoville de la révolution qui s'accomplis-
sait dans la maison Picard; il corrompit un
commis *obscur* des bureaux, qui le tint au
courant jour par jour de tout ce qui s'y
passait. On ne tarda pas à le prévenir du
congé donné à M. de Rhétorière; il se mit
aussitôt en campagne et dressa ses batteries.
La personne qu'il choisit pour le premier
confident de ses projets et de son ambition,
ce fut la Cardoville. Il sollicita même son intervention.

— Vous savez à merveille votre Paris, lui
dit-il, vous êtes intime avec toutes les femmes
qui ont des liaisons dans la finance. Allez
donc les trouver et tenez-leur ce langage :

« Ledain est un de mes vieux amis ;
vantez sa probité, sa capacité ; faites-le ap-
puyer, recommander auprès du banquier
Picard. S'il est reçu comme commis dans cette
maison, il la dirigera, il saura réserver notre
part d'actions au pair dans toutes les entreprises nouvelles qui se font, et il s'en fait
beaucoup. »

Vous ajouterez :

« Puisque les millions courent les rues, il
faut bien qu'ils prennent la peine de monter jusque chez nous. »

La Cardoville, très-cupide et très-en-
tendue, se mit en route ; elle eut le soin
de recommander à ses complices de ne

pas montrer un intérêt direct pour Ledain,
de peur d'éveiller d'injustes soupçons ; elles
ne devaient paraître s'intéresser à lui que
pour rendre service à leur couturière, à leur
marchande de modes ou à leur médecin.

Son langage positif fut compris, il inspira
zèle et dévouement.

— Je ferai une scène ce soir, lui dit l'une
de ses amies intimes, et comme on est trop
poltron pour partir brouillé, on se réconci-
liera ; dans les réconciliations on obtient
l'impossible. Je réponds de ton affaire.

— On me tourmente, dit l'autre, pour que
je n'aille pas cette année à Bade : *je jurerai
sur la tombe de ma mère* que je resterai à Paris,

et dès que votre affaire sera faite, je pars
avec Ludovic.

— Je promettrai, dit celle-ci, de quitter le
corps de ballet de l'Opéra : on m'en supplie ;
je demanderai un congé au directeur, et
lorsque votre protégé sera placé, je re-
prendrai mon service : vous aurez réussi
et je n'aurai pas fait la bêtise de me retirer
du théâtre.

— Je vous promets, dit celle-là, que votre
protégé aura sa place. Un peu avant la visite
que j'attends ce soir, je me mettrai au lit, je
dirai que j'ai mes douleurs ; on se désole
lorsqu'on me voit malade, et dans ces moments de chagrin, on fait tout ce que je veux
pour me guérir. Il n'y a pas huit jours que

j'ai obtenu avec ces douleurs-là *vingt actions
du crédit mobilier.*

La morale de Ledain était que les honnêtes
gens ne sont bons à rien et qu'on n'arrive à
quelque chose que par la canaille.

Les premières manœuvres de Ledain et
de la Cardoville eurent un plein succès. A
Paris, les recommandations se donnent facilement; sur des renseignements pris à la
légère, on introduit chez soi un ennemi, on
l'initie à des secrets de famille et d'affaires.

Ledain fut protégé auprès de Picard par
trois ou quatre banquiers; il n'entra d'abord,
il est vrai, que comme simple commis aux
écritures; mais une fois dans la place, il était

bien sûr de capter la confiance de son patron; il était sûr de se rendre indispensable,
d'être mêlé à toutes les affaires et d'en prendre un jour la direction.

Son espoir, son ambition étaient de se
créer une grande fortune en préparant la
ruine de l'homme confiant qui allait se livrer
à lui tout entier.

En haut et en bas, bien des intrigues
se nouaient contre la maison Picard; bien
des plans se combinaient pour duper sa
confiance, pour épier ses faiblesses, pour
exploiter ses mauvais penchants, pour faire
sortir de sa situation nouvelle des pré-
textes et des occasions d'entraînements
dangereux et de folies, pour dresser enfin

contre lui tous les piéges où peut se laisser prendre un cœur enivré par la prospérité, sans expérience de tout ce mauvais
monde.

VI

VI

Marle.

Chaque jour, la fortune de Picard augmentait : il marchait à pas de géant vers cette oasis de millions que lui avait fait entrevoir, dans un court avenir, le baron de Longueville.

Une fois lancé sur ce chemin, on ne

court plus après les bonnes affaires : les
bonnes affaires courent après vous.

Le baron de Longueville ramassait chaque jour quelques miettes de cette grande
orgie d'argent, où tant de parasites incapables mendiaient leur part.

Le jeune Anatole, en pleine eau de plaisirs, de folies, d'excès et de dépenses, voyait
aussi, de son côté, s'accroître non pas sa
fortune, mais son crédit.

L'intérieur de la maison Picard n'en était
pas moins rempli de tristesse. Constance
souffrait autant des absences fréquentes et
prolongées de son mari que de celles
de son fils Anatole, qui abusait de sa li-

berté. La pauvre Blanche, seule, restait près de sa mère, mais silencieuse et le cœur navré.

Madame Picard faisait mystère de toutes ses peines, de toutes ses inquiétudes, et s'efforçait de ne rien laisser voir de ses douleurs physiques et morales ; y pouvait-elle réussir? La volonté et la force humaine ont des limites.

Picard, en rentrant chez lui après des journées de grosses affaires qui lui causaient une agitation fébrile, ne trouvait plus dans son intérieur assez de distraction, assez de mouvement pour écarter ses préoccupations d'esprit. Soit avant, soit après le dîner, il se montrait fatigué, abattu ; il dormait, et ne

cachait point assez le malaise et l'ennui qui
le gagnaient.

Les femmes seules s'ennuient et souffrent
sans se plaindre et sans qu'il y paraisse ;
mais il en est aussi plus d'une qui, dans
cette oisiveté, dans ce luxe que donne une
grande fortune, se voyant délaissées, cher-
chent au dehors des distractions et des aventures ; le mari et la femme vivent alors chacun de son côté, compromettant tous deux
l'honneur de la maison et l'avenir des enfants.

En pareil cas, combien de femmes riches,
n'ayant plus ni jeunesse, ni beauté, payent
souvent leurs fautes tardives de cruelles hu-
miliations et de sanglantes offenses ! Ainsi,

une d'elles redemande, après une rupture,
son portrait qu'elle a donné entouré de diamants; on lui rend le portrait, mais on garde
les diamants : c'est la seule chose à laquelle
on tienne ! Une autre n'obtient qu'au prix
d'un argent qu'on lui emprunte à perpé-
tuité, un semblant de passion qui s'arrête
tout court lorsque l'argent vient à manquer;
marché scandaleux, où celle qui donne et
celui qui reçoit doivent éprouver la même
honte, et qui appelle sur eux le même mépris.

Le baron de Longueville parvenait seul à
distraire le grand financier, soit en lui par-
lant des entreprises dans lesquelles il était
engagé, soit en l'entretenant de plaisirs et
d'extravagances.

— Mon cher Picard, lui disait-il, pour se détendre l'esprit, pour conserver de l'entrain et de la verve, il n'y a qu'un moyen, c'est de se créer un petit ménage...

— Quelle figure, répondait Picard, ferais-je dans ce monde que je ne connais pas? Tu sais combien j'aime ma femme et mes enfants!

— Mais tout peut se concilier; je ne te conseille point de ces liaisons qui font scandale, et je ne te permettrais pas la moindre relation avec ces *filles de plâtre* qui scandalisent tout Paris. Viens un jour avec moi rendre visite à une jeune personne modeste dont je te conterai la touchante histoire; tu trouveras chez elle des habitudes simples,

sans prétention ; tu es compatissant, généreux, tu donnes volontiers à tous ceux qui
te tendent la main : tu éprouveras quelque
plaisir à tirer de la misère une pauvre fille
bien élevée, jeune, charmante, et qui a déjà
beaucoup souffert.

Longueville était intéressé, plus que personne, à ce que son ami le financier n'eût
point le tort de se jeter dans des désordres
publics.

— Il nous faudra prendre quelques dé-
tours pour arriver à cette orpheline, sage,
craintive... et bien surveillée. Il nous faudra
trouver un prétexte honnête pour nous
faire ouvrir sa porte. Tu auras soin de te
présenter d'abord comme un simple céli-

bataire. C'est convenable... et, prudent.

Peu de temps après cette petite scène, Picard et Longueville, en sortant de la course, se faisaient conduire, dans un fiacre, rue Cassette; sans *parler au portier*, ils montèrent cinq étages. Longueville sonna à une petite porte qui ne tarda point à s'ouvrir.

Une jeune fille reçut les deux visiteurs.

Elle avait une physionomie angélique, le sourire le plus fin et le plus sympathique, une taille élégante, des manières gracieuses. Elle était coiffée en bandeaux à la vierge; elle portait une simple robe de mérinos d'une couleur foncée, et l'on voyait à sa ceinture une petite touffe de violettes.

Cette jeune fille de dix-huit ans environ montra d'abord de l'émotion, du trouble, quoiqu'elle eût été prévenue de cette visite par un billet de la Cardoville.

Du geste le plus gracieux, elle invita cependant ses deux visiteurs à traverser une petite pièce qui servait tout à la fois d'antichambre et de salle à manger. Deux chaises et une table couverte de toile cirée en composaient tout l'ameublement.

Ils passèrent dans un salon lambrissé, peint en gris; au pied de chaque chaise un petit carré de tapisserie; sur la cheminée, ornée d'une glace d'une médiocre dimension, une pendule à colonnes en albâtre; de chaque côté de la pendule un petit flam-

beau doré et une tasse avec sa soucoupe ;
près du cadre de la glace étaient suspen-
dues, d'un côté, une pelotte recouverte
de mousseline brodée et sur laquelle brillait
avec son ruban rouge une croix de commandeur de la Légion d'Honneur ; de l'autre
côté, une miniature, un portrait. En face
des deux fenêtres qui donnaient sur un jardin voisin, une alcôve entièrement fermée
avec un fin grillage en cuivre derrière lequel se drapait un rideau en soie verte.

Chacun s'assit ; le baron prit la parole, et son
bavardage mit fin à l'embarras, à l'agitation
que laissaient voir en même temps la physionomie de la jeune fille et l'attitude de Picard.

— Mademoiselle Marie, on m'a beaucoup

parlé de vous, de votre esprit, de votre instruction ; je vous présente mon ami, M. Eugène Rémond, grand financier et vieux garçon ; il vient vous demander s'il vous plairait d'accepter la position de dame de compagnie près de sa sœur, riche veuve sans enfants.

Le baron tenait compte de toutes les recommandations de la Cardoville ; il ne brusquait rien et n'omettait aucun mensonge.

— Je ne saurais, répondit Marie, accepter cette position, si honorable qu'elle puisse être. Je tiens à mon indépendance. Je suis pauvre et heureuse. Ne voyez en moi qu'une ouvrière qui vit de son travail.

— Vous mériteriez, mademoiselle, une vie plus brillante, dit le baron.

Les yeux de Picard restaient fixés sur cette jeune personne, qui, par sa simplicité, par sa beauté, par ses grâces naturelles, lui rappelait sa chère Constance dans les premières années de son mariage.

Marie répondit au baron en souriant :

— Je ne suis point à plaindre, monsieur ; je travaille, je brode, je lis ; des dames très-respectables, et entre autres la propriétaire de cette maison, madame Dominique, m'ont prise en amitié ; l'été, je passe mes soirées au Luxembourg avec elles, et l'hiver dans leur propre salon.

— Comment!... dit Picard, cacher ainsi votre beauté et votre jeunesse?

— Je n'ai jamais connu que la vie la plus simple, la plus cachée; ma famille n'était pas riche.

Cette conversation, qui ne s'était point engagée sans quelque embarras de part et d'autre, fut interrompue par le bruit d'une porte qui s'ouvrait; l'étonnement de Picard et même du baron ne put échapper à Marie : elle s'empressa de les rassurer.

— Ce ne peut être, leur dit-elle, que madame Dominique, ma bienfaitrice; elle a une double clef de cet appartement; elle peut entrer chez moi à toute heure.

On vit en effet paraître une femme d'une quarantaine d'années; elle portait avec précaution deux assiettes couvertes, placées l'une sur l'autre, et surmontées d'un bol d'où s'exhalait le parfum d'un consommé.

— Mon enfant, c'est votre dîner que je vous apporte. Je ne croyais pas, dit-elle d'un ton presque sévère, rencontrer ici ces messieurs... mais je vais faire tenir tout cela chaud.

— Vous m'obligerez, ma bonne madame Dominique.

— Comme il vous plaira, mademoiselle; pour monter vos cinq étages, vous savez que j'ai toujours mes jambes de quinze ans.

Cette bonne femme s'éloigna.

— Puisque vous ne voulez pas renoncer à votre vie heureuse et indépendante, reprit le baron, ne pourriez-vous point, par l'intermédiaire des dames respectables qui sont vos amies, indiquer une personne qui acceptât la situation que nous venions vous offrir ?

— Il y a tant de gens qui souffrent, que je serais heureuse, en vous obligeant, de rendre service à quelqu'un qui méritât votre confiance.

— Ainsi, dit le baron à Marie, vous ne recevez personne, mademoiselle... on peut donc vous voir à toute heure ? Si vous le permettez, mon ami viendra chercher la réponse et les renseignements que vous voulez bien lui promettre.

Ce fut chose convenue.

Picard se leva et s'approcha du portrait suspendu à la cheminée.

— Que vois-je! s'écria-t-il, quel est ce portrait?

— C'est celui de mon père, mort colonel de cavalerie, commandeur de la Légion d'Honneur.

— Je le reconnais! mais... il s'appelait Durand?

— C'est aussi mon nom : Marie Durand.

— Ah !... oui, il parvint au grade de colonel ; c'était un officier très-distingué, un homme aimable, plein d'esprit et de cœur.

Picard fit un effort sur lui-même, pour ne point en dire davantage.

— Oserais-je vous demander, monsieur, reprit Marie, quand et comment vous avez connu mon père ?

— C'était en 1836 ; je le rencontrai chez des amis ; il n'était alors que capitaine et simple chevalier. Puisque vous me permettez de revenir chercher quelques renseignements, nous reparlerons du colonel Durand,

que j'avais perdu de vue depuis longtemps,
par suite de ses changements de garnison et
de son départ pour l'Afrique.

— C'est là qu'il a été tué, monsieur, à la
tête de son régiment, dans un engagement
avec les Arabes.

— Mais vous n'avez donc pas obtenu une
pension du gouvernement?

— Élevée par une tante assez riche et
veuve, mais qui avait des enfants, je ne fis
aucune démarche lorsque je perdis mon
père; ma tante mourut bientôt, et je me
trouvai presque sans ressources, n'ayant que
mon travail pour vivre. Mes cousins et mes
cousines, avec lesquels j'avais passé mon

enfance et les premières années de ma
jeunesse, — peut-être un peu jaloux de moi,
— m'ont abandonnée, et je suis trop fière
pour aller leur tendre la main.

Les deux visiteurs ne tardèrent pas à
prendre congé de Marie.

Picard, grâce aux conseils de la Cardoville, grâce à l'aplomb et à l'effronterie du
baron, s'était donc introduit dans la citadelle ; mais dans une citadelle bien gardée.

Le baron, émerveillé de la beauté de la
jeune orpheline, en faisait le plus vif éloge.

Quant à Picard, Marie lui avait plutôt
inspiré de l'intérêt que de l'amour.

— Tu ne croiras pas, dit-il à Longueville,
ce que je vais te dire : tu m'as conduit chez
cette jeune fille pour la séduire, pour la
perdre ; — eh bien ! je ne continuerai à la
voir que pour la sauver, pour éprouver ses
bons sentiments, sa sagesse, et pour l'aider
à se marier honnêtement !

— Mais, répondit le baron, le comte Al-
maviva se réservera le droit du seigneur ?

— Tu es aussi médisant que ce coquin
de Figaro ; tu ne crois qu'aux mauvaises
actions, et tu soupçonnes tout le monde
de mal faire.

— Mettre tout au pis, c'est le moyen de
ne jamais se tromper.

— Cette visite me laisse presque un remords!... elle me donne l'idée d'offrir un
riche présent à ma femme avant de venir
au secours de cette pauvre fille. Il me semble que ce serait là un moyen de me pardonner à moi-même ce commencement d'in-
fidélité. D'ailleurs Constance va être forcée
de recevoir ; il faut qu'elle ait des diamants
comme tout le monde ; conduis-moi chez
un joaillier : je veux, en embrassant ma
femme, la surprendre par des boutons d'o-
reilles et par une rivière de diamants.

Le présent fut acheté, offert et accepté.
Constance se montra sensible à cette mar-
que de tendresse de son mari.

— Je te remercie, mon ami, mais je ne

porterai pas souvent cette parure. Et elle se
disait en elle-même que cet écrin n'enrichi-
rait sans doute que la corbeille de mariage
de sa fille.

Picard passa toute cette soirée, avec un
nouveau bonheur, auprès de sa femme et
de Blanche.

Anatole était censé s'occuper de hautes
études : il demeurait ou devait demeurer
dans un des hôtels du quartier des Écoles.

Le lendemain de la visite de Picard rue
Cassette, madame Dominique remettait à
Marie Durand une lettre cachetée, assez vo-
lumineuse. Ce pli contenait, avec une petite
liasse de papiers, un billet ainsi conçu :

« Mademoiselle,

» En ma qualité de banquier, je vous ai comprise pour quarante actions dans la compagnie d'un chemin de fer dont je suis administrateur ; j'ai vendu ces quarante actions aujourd'hui même à la Bourse, et j'ai pu réaliser à votre profit un bénéfice de cinq cents francs par action. Ci-inclus, 20,000 fr.

» Croyez à mes sentiments dévoués.

» Eugène RÉMOND. »

La jeune fille et madame Dominique restèrent ébahies. Marie compta en riant ces vingt billets de mille francs.

— Je ne prendrai pas cet argent ! dit-elle.

— Bien ! Marie, s'écria madame Dominique.

La jeune fille remit dans l'enveloppe la lettre et les billets de Banque ; elle cacha tout cela sous un paquet de linge, dans un des tiroirs d'une commode.

Deux ou trois jours après la réception de cette lettre *chargée*, Marie reçut une seconde visite de Picard... c'est-à-dire de M. Eugène Rémond.

Il eut le bon goût, en arrivant, de ne témoigner à la jeune fille que la plus respectueuse politesse. Il lui demanda si elle avait pensé à prendre des renseignements et si elle croyait pouvoir lui indiquer une dame de compagnie digne de toute sa confiance.

Picard continuait son rôle.

La jeune fille lui répondit que des dames lui avaient promis d'y songer.

Tous deux éprouvèrent d'abord un embarras bien visible, et ce fut à qui ne parlerait point le premier du billet de la veille et des vingt mille francs. Cependant Marie ouvrit le tiroir de sa commode.

— Vous êtes généreux, monsieur; je ne sais si vous avez été pauvre, mais, du moins, vous savez être riche. Cependant, je ne puis accepter de vous ni des aumônes ni des bienfaits.

— Pourquoi refuser des bénéfices légitimes que convoite et que sollicite aujourd'hui tout le monde, sans en excepter les marquises et les duchesses?

— Que penseriez-vous, et que n'auriez-
vous pas le droit de penser et d'exiger de
moi, si j'acceptais cette somme qui peut faire
tant d'heureux? Si vous aviez une fille, se
conduirait-elle autrement que je ne le fais
en ce moment? Eh bien! je n'ai plus ni père
ni mère pour me défendre, pour me con-
seiller : je suis donc obligée à plus de réserve
encore, à plus de sévérité.

Marie posa la lettre qui contenait les vingt
mille francs sur un coin de la cheminée ;
d'un geste, elle pria Picard de les reprendre.

Il n'en fit rien, et la conversation continua.

— Ne soyez pas plus surpris qu'il ne faut
l'être de mon refus, ajouta Marie ; je vis

avec la plus stricte économie, mais je ne manque de rien. Madame Dominique, que vous avez vue, me traite comme sa fille. Je suis peut-être assez habile en broderies; elle se charge avec la plus active tendresse de placer mon ouvrage, et elle en obtient un prix assez élevé pour me loger, pour me nourrir, pour me donner encore un certain luxe de toilette qui, je l'avoue, réjouit ma petite vanité de jeune fille. Je crains que cette bonne et digne femme n'ait au fond du cœur un chagrin, qu'elle semble soulager en me prodiguant les soins les plus assidus. Elle a, dit-on, une grande aisance, et loue à son profit toute cette maison. Je n'ai pu encore lui arracher son secret; mais elle me répète souvent qu'elle a retrouvé la paix et le bonheur depuis que je suis son enfant. Elle ne souffrirait pas qu'une

autre main que la sienne vînt à mon secours.
Vous comprendrez toutes ces raisons, qui,
sans pouvoir vous blesser, vous expliquent
et justifient mon refus.

Picard éprouvait une vive surprise et un
grand plaisir de cœur; il avait craint de trouver cette jeune fille uniquement préoccupée
de robes, de chapeaux et de cachemires; tant
de dignité, de noblesse, de désintéressement,
ne firent qu'ajouter l'estime et le respect à
son attachement pour Marie.

Après un entretien assez court, Picard, un peu déconcerté, se leva : il allait
se retirer sans reprendre les vingt mille
francs; mais la physionomie de Marie, plutôt émue qu'irritée, quelques paroles qu'elle

prononça d'une voix plus suppliante que sévère, décidèrent Picard à lui obéir.

— Vous êtes une noble fille, lui dit-il, mais vous avez tort de me refuser. Vous auriez pu vous charger de distribuer cet argent à des malheureux; vous auriez été dame de charité!

— A nous autres pauvres filles, répondit-elle, beaucoup de missions honorables sont interdites. On ne saurait où j'ai pris cet argent...

Marie persista dans son refus.

Picard prit congé de la jeune fille, qui pensa peut-être qu'elle ne reverrait plus celui dont elle venait de blesser l'orgueil.

Elle se trompait. Picard était heureux de trouver un noble cœur dans la fille du colonel Durand. Il se promettait de lui assurer une petite fortune, qui lui permît de vivre honorablement. Il avait à payer une dette à la fille du soldat.

VII

VII

Le Vice et la Vertu.

Grâce au prétexte mis en avant par le baron, Picard put renouveler ses visites chez Marie.

Marie ne se défiait pas de lui et il avait toute confiance en elle; il en était venu à lui

raconter, devant madame Dominique, et en
mettant les restrictions nécessaires à ses con-
fidences, toutes ses émotions, ses inquiétudes, ses soucis d'affaires, ses joies d'amour-
propre et d'orgueil.

Près des femmes, les hommes aiment à
parler d'eux-mêmes, à leur confier les sentiments les plus secrets; et les femmes qui
savent écouter gagnent facilement la confiance de ceux qui éprouvent le besoin de
ces effusions de cœur.

Marie se faisait une haute idée de ce nouvel
ami respectueux que le hasard avait amené
près d'elle; ce n'était ni sa fortune ni sa gé-
nérosité qui l'éblouissaient : elle était fière
d'avoir pu captiver honnêtement un pareil

homme, de lui avoir inspiré un sincère attachement.

Picard était confiant, mais timide, auprès de Marie.

La vertu chez les femmes est comme le grand talent, comme le génie chez les hommes : elle inspire une craintive réserve et du respect.

Le baron de Longueville ne manquait pas un seul jour de questionner son ami sur ses galantes prouesses.

— Tout ce que je peux t'apprendre, répondait Picard, c'est que Marie m'inspire un très-vif intérêt ; elle est une amie pour moi ;

nos causeries me font du bien ; j'oublie la hausse, la baisse, les reports, les primes, les liquidations de la quinzaine et du mois; j'oublie les coulissiers, les agents de change, tout ce monde de joueurs maladroits ou malheureux qui se ruinent à tripoter des millions.

— Tu n'es pas de ces joueurs-là, répliqua le baron, et il n'est pas convenable qu'une petite fille lanterne un gros financier comme toi.

— Marie est sage, vertueuse; elle n'a jamais voulu accepter vingt mille francs, que je ne lui offrais cependant que comme bénéfice de Bourse.

— Ainsi, dit le baron, tu crois à la vertu

de cette jeune fille ? Tu es ridicule ! Elle connaît la Cardoville, c'est par la Cardoville que
nous avons pu la découvrir ; la Cardoville m'a
raconté, il est vrai, une longue histoire ; mais,
comédie que tout cela ! La Cardoville n'est
jamais à court de comédies, ni d'histoires.
Il y a des mijaurées qui ont le courage de
refuser vingt mille francs pour en obtenir
cent mille et plus. C'est un jeu hardi, dangereux... et que toutes ces dames ne jouent
pas. Rien qu'un billet de mille francs les
éblouit... elles tombent dessus ! D'ailleurs,
Marie rêve peut-être un mariage avec
toi. Il y a des grands seigneurs et des millionnaires qui ont épousé leur maîtresse
et même leur servante.

— Tiens, reprit le baron, il me vient

une idée; il y a un moyen de t'édifier sur les sentiments de Marie et de savoir où tu en es. La Cardoville prétend qu'elle lui a sauvé la vie; elle prétextera une maladie et priera Marie de lui faire visite, dans un jour et à une heure indiqués. La jeune fille ne lui refusera pas ce témoignage de reconnaissance; elle ira la voir, et dans leur entretien il ne sera question que de toi. Tu te tiendras caché, silencieux, dans un cabinet, et tu sauras à quel chapitre en est ton roman.

Consens à cette petite scène de cabinet, un peu vieille au théâtre; nous aurons ainsi tous les secrets du cœur de Marie. Tu sauras si tu n'es pas trop mystifié; tu sauras si Marie est une coquine comme les autres; tu sauras enfin quels sont ses projets sur toi, contre toi... La Cardoville lui tendra des piéges pour l'obliger à tout dire. Dans ce monde-là, il est bien convenu qu'on a le droit de jouer les plus mauvais tours à ses meilleurs amis.

Picard hésita d'abord à se prêter à ce ma-nége ; cette visite chez la Cardoville, cette connivence avec elle, avec le baron, répu-gnaient à ses mœurs honnêtes et délicates.

Cependant Longueville avait déjà, par se mauvais propos, ébranlé la confiance de Picard ; la curiosité, je dirai même l'intérêt que lui inspirait Marie, le décidèrent à se prêter à cette scène de comédie

Il aurait ainsi des preuves certaines de la

perfidie ou de l'honnêteté de sa protégée.

Du reste, dans tout ceci, il espérait le
bien, beaucoup plus qu'il ne craignait le
mal. Il aimait à se persuader que cette jeune
fille était sincère, loyale, et qu'elle méritait
la protection dévouée qu'il se faisait un devoir si doux de lui réserver.

Au jour indiqué, le baron accompagna
Picard chez la Cardoville; elle demeurait
rue Joubert; ils y arrivèrent avant l'heure
de la visite de Marie.

Le baron ne se sentait pas d'aise; il s'agi-
tait en pleine intrigue de bal masqué.

On montra à Picard le boudoir où il de-

vait se cacher et d'où il pourrait tout entendre ; les portes de dégagement, les petits
cabinets ne manquaient pas dans cet appartement : c'était comme un petit théâtre fort
bien machiné.

Le baron insista pour tenir compagnie à
son ami, ne voulant pas lui permettre de
se livrer au découragement, ni surtout de
se décider à une rupture dans le cas où la
conversation viendrait à mal tourner.

On sonna.

Chacun se hâta de se mettre en scène et
de prendre sa place : les deux amis dans le
boudoir ; la Cardoville dans le salon, sur un
canapé, en robe de chambre de velours

rouge garnie d'hermine, la tête à demi couverte d'un bonnet des plus coquets et surchargé de riches dentelles, les pieds enveloppés dans un cachemire. La femme de chambre, vraie soubrette du théâtre de Regnard, alla ouvrir.

C'était Marie.

Sa mise pleine de bon goût et de simplicité contrastait avec l'élégance affectée de la maîtresse du logis ; elle portait un chapeau de velours noir, un ample collet de même étoffe, une robe montante de popeline couleur gris de fer, également garnie de velours noir.

Marie avait des mains et des pieds d'une

finesse aristocratique, et on ne pouvait
s'empêcher de les remarquer; aussi était-
elle chaussée et gantée avec une certaine
coquetterie.

Jeune, fraîche, distinguée, modeste,
Marie ne pouvait qu'éclipser la Cardoville,
dont la figure, déjà fatiguée, n'avait aucune
distinction, et dont le regard n'avait que de
l'effronterie.

La pauvre fille fut d'abord plus étonnée
qu'éblouie de la richesse de l'appartement.

Le petit salon dans lequel on la recevait
était tendu d'étoffe de soie chinoise, avec
oiseaux et fleurs brochés d'or sur fond
blanc; presque tous les meubles étaient en

bois doré, tapissés de cette même étoffe. Des
soieries jaunes et cramoisies couvraient
aussi quelques fauteuils et quelques chaises
de formes variées et de fantaisie.

On foulait aux pieds les plus splendides
tapis.

Sur un des côtés du salon, une glace
descendait jusqu'au parquet, entourée d'un
large cadre doré où se jouaient des Amours ;
sur la cheminée, une pendule et de riches
candélabres, vrai Louis XVI : rançon d'un
amateur de curiosités, qui avait passé par
cette forêt de Bondy.

Çà et là, des coussins de toutes les formes,
brodés en soie de couleur ou en or.

Sur une table, des keepsakes, des bijoux, un petit paquet de billets de banque oubliés, — avec intention, — sous un serre-papiers qui représentait un Amour endormi.

Ce n'était pas le luxe d'une duchesse, d'une femme de banquier ; c'était bien le salon d'une Cardoville.

Marie questionna la malade avec un intérêt sincère ; elle fut bientôt rassurée.

Il s'engagea alors entre ces deux femmes, dont les idées, les mœurs, étaient si différentes, une conversation dont la conclusion fut assez singulière.

— Vous voyez souvent, demanda la Cardoville, M. Eugène Rémond ?

— J'ai à vous remercier, répondit Marie,
d'avoir pu connaître par votre entremise
cet ami d'un certain baron de Longueville ;
M. Rémond est un excellent homme, dont
le cœur est ouvert à tous les bons sentiments, aux inspirations les plus généreuses.

— Il faut parler franchement, répliqua
en riant la Cardoville ; cet homme généreux
veut faire de vous sa maîtresse...

— Mais, madame... reprit Marie avec surprise, avec indignation, M. Rémond ne m'a
jamais dit un mot qui exprimât autre chose
que de l'amitié; s'il m'avouait d'autres sentiments et d'autres exigences, je ne le rece-
vrais point chez moi.

Cependant, ajouta-t-elle, après quelques instants de réflexion, vous m'éclairez : dès le lendemain de sa première visite, M. Rémond m'a envoyé vingt mille francs sous enveloppe.

— Vingt mille francs! s'écria la Cardoville; comme il y va!

— Il m'écrivit qu'il m'avait comprise dans une affaire pour quarante actions *au pair*, et qu'il les avait vendues *avec prime*. Je l'ai forcé de reprendre les vingt mille francs. Il s'est présenté chez moi pour m'offrir une place de dame de compagnie; il prétend avoir connu mon père. Je commence à croire que vous avez raison : M. Eugène Rémond voulait faire de moi sa maîtresse !

Dès aujourd'hui ma porte lui est pour toujours fermée.

— Ma chère, vous faites de la vertu
inutile; le monde n'en conclura pas moins,
des quelques visites de M. Rémond, qu'il a
été votre amant.

— Tenez, madame, à tort ou à raison,
l'opinion du monde me préoccupe fort peu;
on ne vit guère que pour mériter et obtenir
la sympathique estime d'une ou deux personnes. M. Rémond ne peut garder de
moi qu'un souvenir qui m'honorera à ses
yeux. Je tiens surtout à conserver l'amitié
de madame Dominique que vous connaissez,
à qui je dois tant, et qui ne m'a secourue
avec une tendresse maternelle qu'en croyant

à mon honnêteté; sa confiance en moi ne sera jamais trompée.

— Il y a des liaisons, dit la Cardoville, qui, à force de durer, deviennent honnêtes et se font pardonner. M. Rémond n'est pas homme à vous délaisser, à vous abandonner; ce serait là une de ces liaisons qui durent, et vous auriez tort de le mettre à la porte.

— Je comprends tout ce que vous me dites et tout ce que vous avez le bon goût de ne pas me dire; mais, quoique jeune, j'ai déjà passé par de rudes épreuves. Mon premier amour a été trahi; celui que j'aimais a pu me délaisser : il n'a pas eu le droit de me mépriser, et cependant, ma-

dame, vous le savez, ma douleur m'a conduite au suicide. L'approche de la mort
opère une terrible et heureuse révolution
dans l'esprit et dans le cœur. On dit trop
de mal de la mort, madame! Quand elle
vient à nous, à notre chevet, elle nous aver-
tit, elle nous conseille : elle nous fait renoncer à toutes les faiblesses humaines, pour
nous convertir à la religion de tous les devoirs. Rappelée à la vie par les secours de
votre compassion désintéressée, je ne crois
plus qu'aux bons sentiments; oui, je crois à
la bonté du cœur humain, et cette foi nouvelle me donne une douce joie que je ne
veux troubler par aucun remords.

— Vous voilà dans le ciel, ma chère amie!
redescendons sur la terre. Avec votre sin-

gulière morale, vous perdez une fortune ;
vous la regretterez, et, selon moi, il vaut
mieux s'exposer à des remords qu'à des
regrets.

— C'est sur ce point, répliqua Marie, que
nous différons de sentiments. Avec une
conscience en repos, je suis heureuse dès
que je m'éveille ; je suis heureuse de toutes
choses : heureuse du rayon de soleil qui vient
me faire visite à travers mes vitres ; heureuse
d'une fleur, des chansons des oiseaux ; heureuse de mes lectures, de mes ouvrages
à l'aiguille quand je les commence, quand
je les finis. Il faut savoir se contenter des
petits bonheurs. Les petits bonheurs sont
de tous les instants ; chacun peut toujours en
faire naître autour de soi. Je resterai fidèle

à des traditions de famille ; mon père, vieux soldat, disait qu'il ne connaissait que deux choses, le devoir et l'honneur ; je tâche de lui ressembler. Ce monde est plein de miséricorde : il tend la main à tous ceux qui ont de la dignité et du courage. Chacun ne me traite qu'avec politesse, avec bonté, avec respect ; j'ai même l'espoir de rencontrer un jour un honnête homme qui ne dédaignera pas de prendre pour femme une honnête fille.

La physionomie candide, virginale de Marie, prenait peu à peu une exaltation angélique qui semblait charmer la Cardoville elle-même.

— Vous m'avez rendu la vie, ajouta la jeune fille, je ne veux pas en faire un mau-

vais usage; bien des femmes se sont vendues
très-cher, qui ont fini par mourir dans la
honte, à l'hôpital. Je n'exagère rien, je suis
plus heureuse dans ma mansarde que je ne le
serais au milieu de tout ce luxe qui vous envi-
ronne.

— Vous me rappelez de cruels souvenirs,
dit avec émotion la Cardoville. Cette pauvre
Mathilde est morte l'autre jour, sans que
même son chien, que sa femme de ménage
lui avait volé, ait pu suivre le convoi. Parmi
les femmes plus ou moins belles que j'ai con-
nues, quelques-unes sont devenues folles,
d'autres sont mortes à Saint-Lazare après
des années d'agonie, et n'ont eu d'autre
tombe qu'une table de dissection; c'est af-
freux à dire, mais j'en ai vu plus d'une mou-

rir soûles d'eau-de-vie, dans la rue, aux éclats
de rire de la populace... dans un égout !

Changeant de langage et d'attitude, la
Cardoville, troublée, oubliant même que Pi-
card et le baron écoutaient, prit la main de
Marie assise près d'elle :

— Vous avez raison, lui dit-elle avec
tristesse, le bonheur n'habite pas ici : nos
joies de vanité ne nous font pas oublier les
inquiétudes de l'avenir; la fatigue des plaisirs nous rend incapables de tout travail, de
toute résolution, de tout courage; l'orgie du
lendemain peut seule nous reposer de l'orgie de la veille; il nous faut abuser de tout
jusqu'à l'ivresse, pour nous consoler des ou-
trages jusqu'à l'oubli. Même ceux à qui nous

plaisons nous méprisent; que pouvons-nous
attendre de ceux à qui nous ne plaisons pas?
Vous êtes heureuse de voir le monde en beau !
Avec notre façon de vivre, nous ne le voyons
qu'en laid. Tant que nous sommes jeunes,
courtisées, nous rions de tout ; mais les rides
et les années viennent, les rides avant les années, et alors tout change autour de nous ;
même celles qui ont gardé de quoi vivre vieil-
lissent dans quelque ignoble compagnie. On
rirait de notre repentir ; nous sommes attachées au poteau sur la place publique : il nous
faut mourir dans la boue. Et cependant, lorsqu'une de nous rencontre un cœur qui lui
pardonne, qui l'élève jusqu'à la prendre pour
femme — et cela s'est vu — par respect de
soi-même autant que par reconnaissance,
elle ne manque à aucun de ses devoirs. Elle

regrette si peu son ancienne vie, qu'elle crain-
drait de perdre sa vie nouvelle. Pour moi, ma
jeunesse se passe déjà , ma beauté se fane,
ma gaieté m'abandonne ; je finirai mal !

La physionomie de cette femme au front
déjà ridé exprimait une profonde douleur;
Marie en fut attendrie.

— Jamais je ne vous saurai malheureuse, lui dit-elle en lui serrant affectueusement les mains, sans partager mon pain
avec vous.

— Vous avez bon cœur, Marie !

— Si vous étiez malade, je vous soigne-
rais comme vous m'avez soignée; je ne

vous abandonnerais pas, vous trouveriez une amie à votre chevet jour et nuit; quelles que soient nos croyances et notre conduite, que les hasards de ce monde nous aient placées en bas ou en haut de la société, ne sommes-nous pas toutes de la même famille?

Ces douces et indulgentes paroles, qui méritaient confiance, touchèrent jusqu'au fond du cœur la Cardoville; par un mouvement presque convulsif elle se leva et se jeta au cou de Marie; puis, essuyant ses larmes :

— Ma chère enfant, dit-elle, je voulais vous convertir à ma vie agitée, tourmentée, fiévreuse; et c'est vous plutôt qui me rame-

nez à tous vos bons sentiments; je voulais
vous faire croire à mon bonheur, et c'est vous
qui me faites croire au vôtre. Vous avez pris
la bonne route; dès ma plus tendre enfance
on m'a jetée dans le mauvais chemin !

La femme de chambre entra dans le salon
tout effarée.

— Madame, c'est *Monsieur* ! il voulait entrer malgré moi...

— Je vous en supplie, madame, dit Marie,
qui tenait à n'être rencontrée par personne
chez la Cardoville, donnez-moi les moyens
de sortir sans être vue.

La Cardoville se précipita vers une porte

qu'elle ouvrit; elle y poussa Marie en lui disant :

— Vous allez trouver l'*escalier de service*, par lequel vous pourrez descendre et sortir.

Picard et le baron, sachant Marie partie, quittèrent le boudoir; au même instant Anatole, qu'on appelait *Monsieur* dans la maison, entrait presque de force dans le salon.

Quel fut l'étonnement du père et du fils de se trouver réunis dans un pareil lieu, chez une pareille femme!

— Baron, vous m'avez trahi, dit Anatole, vous avez tout dit à mon père!

Ce reproche donna au baron et à la Cardoville l'idée de mettre Picard à l'abri des soupçons de son fils et de sauvegarder ainsi la dignité paternelle.

— Mon cher Anatole, répliqua le baron, vous m'accusez injustement; des bavards vous ont dénoncé comme passant votre vie dans cette maison. Votre père, pour s'assurer du fait, m'a prié de l'accompagner chez madame, voilà la vérité.

La Cardoville, qui ne manquait ni de tact ni d'à-propos, et qui avait repris son sang-froid, adressa aussi des reproches au jeune Anatole.

—Voilà bien les jaloux! J'avais dit à monsieur votre père que je ne vous voyais que rarement, et vous venez me démentir en entrant dans ce salon, comme Othello chez Desdémone ! Les jaloux n'ont jamais fait, ne font, et ne feront jamais que des sottises !

Picard, qu'on tirait d'embarras, et qui conservait ainsi vis-à-vis de son fils un rôle digne de son respect, semblait ne garder le silence que par un sentiment de convenance et de délicatesse.

Il ne pouvait en effet, chez la Cardoville et devant elle, reprocher à son fils ses assiduités près de cette femme.

Picard mit fin à cette scène en adressant à Anatole, fort ému d'avoir pu affliger son père, ces paroles bien indulgentes :

— Je comprends que madame ait pu vous séduire ; mais vous avez des études à poursuivre, votre chemin à faire : votre place n'est point ici. Soyez à l'avenir plus prudent... vous saurez que vous êtes surveillé !

Anatole, après ces paroles, fut heureux de trouver l'occasion de s'éloigner, et le banquier, bien qu'affligé de surprendre son fils en pleine folie, alors que sa situation à lui-même ne lui permettait guère de faire de la morale, balbutia des remercîments et des excuses à la Cardoville, et partit avec le baron.

En sortant de cette maison, où les émotions les plus vives s'étaient succédé, les deux amis avaient hâte d'échanger leurs réflexions sur tout ce qui venait de se passer.

— Baron, dit Picard, vous m'avez tiré du danger; mais voyez où mènent un mauvais conseil et une première faute !

— Convenez, répondit le baron, que Marie est une fille adorable; elle m'a ému ! Décidément c'est une très-honnête fille : c'est une place forte dont le siége sera long et difficile.

— Marie est charmante, elle m'intéresse, elle intéresserait tout le monde; mais je dois avoir le courage de ne plus la revoir pour ne pas la compromettre. D'ail-

leurs, de quel droit reprocherais-je à mon
fils ses maîtresses, s'il pouvait m'accuser, moi
époux, moi père de famille, de me livrer
aux mêmes folies que lui ! Finissons là cette
intrigue où vous m'avez entraîné. Vous verrez la Cardoville, vous lui direz que j'ai
rompu avec Marie, vous achèterez son silence sur toute cette affaire ; je donnerai
tout l'argent qu'elle demandera. Quant à
mon fils, je ne veux pas me montrer trop
sévère envers lui ; il a le cœur bien placé,
et la leçon d'aujourd'hui le rendra, je l'espère, plus circonspect et plus raisonnable.

Le baron pensa qu'il fallait laisser passer
cet orage de regret et de sagesse. N'était-il
pas sûr, d'ailleurs, de reprendre son empire
sur ce caractère faible, sur ce cœur plein

de sensibilité, et que n'avaient point usé les vives passions de la jeunesse.

— Je ferai, dit le baron, tout ce que vous me demandez. Je verrai la Cardoville, ne craignez rien de ce côté; si elle a votre secret, j'ai le sien qui pourrait la perdre : une histoire de valet de chambre que je vous conterai; jamais, je vous le promets, je ne vous reparlerai de Marie.

Picard, tout en prenant la résolution de ne plus revoir Marie, se promettait de ne pas la perdre de vue, de ne pas l'abandonner, et de chercher tous les moyens de lui assurer un avenir heureux.

VIII

VIII

Le Dîner et l'Orgie.

Cédant aux instances de sa femme, Picard,
malgré ses nombreuses relations, malgré les
vingt millions de son actif, malgré les conseils
du baron de Longueville, avait longtemps
refusé de se donner un train de maison en
rapport avec sa situation financière; mais

madame Picard elle-même reconnut la nécessité de prendre un parti : elle comprit que
la richesse impose certains devoirs.

Il fut décidé qu'on achèterait un hôtel, —
qu'on recevrait, — qu'on donnerait des bals.

On était loin de ce temps où Constance,
avec ses manches de soie noire, contrôlait
sur le grand-livre les *comptes courants*, égayée
par le frais bouquet qu'elle recevait chaque
matin de la tendresse attentive et fidèle de
son mari.

Les nouveaux projets de Picard firent
du bruit, et cette population, chaque jour
plus nombreuse, de *gens d'affaires* s'agita
pour tailler sa part dans le gâteau de

quelques millions que Picard allait dépenser.

Chacun de lui recommander un architecte, de lui indiquer un hôtel à vendre.

Un hôtel de la rue Saint-Lazare fut acheté
sept cent mille francs, sur lesquels l'entre-
metteur prélevait un droit secret de cinquante mille francs. L'architecte soumit à
Picard des plans qui bouleversaient l'ancien
hôtel de fond en comble.

Il proposait de vastes écuries, qui devaient rappeler les écuries princières de
Chantilly, — de nombreuses remises, une
vaste cour, grands et petits appartements,
jardins, serres chaudes, serres tempé-
rées, etc., etc.

I. 18

Le génie fécond et ruineux de cet architecte dévorait tant de terrain qu'on fut contraint d'acheter les deux maisons contiguës
pour les démolir et pour relier la place
qu'elles occupaient à celle sur laquelle l'ancien hôtel était assis.

Ledain avait été admis dans les bureaux
de Picard, et il n'avait pas tardé à se faire
remarquer par son assiduité et par son zèle.

On le trouvait à son bureau dès six heures
du matin; on l'y retrouvait le soir. Sa capacité, sa passion pour le travail, lui con-
quirent la confiance aveugle de Picard, qui
continuait en dehors de ses grandes affaires
de Bourse les opérations de sa maison de
banque, mais en laissant à Ledain, pour ces

affaires-là, une complète liberté d'action.

Les appointements de Ledain avaient été successivement élevés à vingt-cinq mille francs, et Picard lui faisait une belle part dans les bénéfices de toutes ses entreprises.

Ledain fut chargé d'indiquer à l'architecte des dispositions nouvelles pour l'établissement des bureaux. Il n'oublia pas de se réserver, pour cabinet, un grand salon avec antichambre. Sur des glaces dépolies, on lisait :

Direction générale. — Cabinet du directeur.

Picard ne voyait dans cet envahissement de son commis principal que des preuves de zèle, de dévouement.

Pour le service des écuries, on fit choix
d'un piqueur sortant d'une très-grande
maison.

Douze chevaux de sang furent achetés en
Angleterre; on y acheta même plusieurs
chevaux de course, qui furent confiés à un
entraîneur. Ils devaient courir sous le nom
d'Anatole Picard ; c'était un moyen de poser
tout d'abord ce jeune étourdi comme protecteur de la race chevaline, comme homme
de progrès, comme se préoccupant de hautes
questions d'agriculture, qui cependant ne
le préoccupaient guère.

Pour le service intérieur de l'hôtel, on
chargea le baron de Longueville du choix
d'un contrôleur général, et de tout le per-

sonnel; le baron, à son tour, chargea Frédéric, son valet de chambre, de cette mission; à son tour, Frédéric réunit pour ainsi dire en assemblée générale tous ses camarades. On procéda, par scrutin, à l'élection de ce contrôleur et de tous les domestiques qui devaient être placés sous ses ordres.

Celui qui obtint la majorité des voix et qui dut prendre l'engagement, vis-à-vis de *ses électeurs*, de les tenir au courant des grandes affaires de Bourse de la maison Picard, était à la hauteur du rôle qu'il allait jouer; il s'appelait Alexandre.

Après avoir végété comme domestique pour tout faire chez un avocat, chez un médecin et chez un directeur de théâtre, il avait été admis, en Angleterre, dans le per-

sonnel du *Reform's club;* à son retour en
France, il se plaça d'abord chez une grande
tragédienne et ensuite chez un cardinal.

D'un sérieux imperturbable, Alexandre
donnait en toute occasion à son langage, à
ses attitudes, à ses gestes et jusqu'à son silence, l'apparence la plus respectueuse; à
tout ce qu'on disait, il n'avait jamais qu'une
réponse :

— Oui, milord... oui, monseigneur.

Il lui en coûta beaucoup, il se sentit presque humilié d'être contraint de répondre à
Picard : — Oui, monsieur — tout court.

Alexandre avait emprunté aux anciens

maîtres qu'il avait servis quelque chose de
théâtral; mais tout, dans son service, se dis-
posait, s'exécutait sans trouble, sans agitation et surtout sans bruit; on ne l'entendait
pas fermer une porte, poser sur table une
assiette, une pièce d'argenterie; il écoutait
sans avoir l'air d'entendre : il ne se fût jamais trahi ni par un mouvement de surprise,
ni par un sourire ! C'était le Talleyrand de
l'office.

Comme il eut à faire, dans cette maison
qu'il révolutionnait, l'éducation de tout le
monde, même celle de Picard, il y prit
bientôt une grande autorité; il ne comman-
dait pas en maître, — mais on faisait toutes
ses volontés.

Jamais une observation sur la dépense :
on savait qu'il n'aurait consenti à aucune
lésine, et que la moindre économie eût dé-
rangé la haute philosophie du service somp-
tueux qu'il organisait.

Plus affligé encore que surpris de cette
révolution d'intérieur, le vieux Laurent demanda à prendre sa retraite, à la vue de cette
armée de nouveaux laquais.

Des instances furent faites près de lui;
il céda, à la condition de ne rester attaché qu'au service personnel de madame
Picard.

Ce fidèle serviteur ne trouva ni un mot
de plainte, ni un mot de raillerie contre ses

maîtres, mais il ne tarissait pas en *quolibets* sur *monsieur* le contrôleur général, sur *monsieur* le valet de chambre, sur *messieurs* les valets de pied ; il ne consentit jamais à dîner à la même table qu'eux. A côté de cette domesticité en habits à la française galonnés d'or et en bas de soie, il lui fut permis, à lui seul, de garder son ancienne et modeste livrée.

Dans ses accès d'ironie et presque de colère, il faisait quelquefois sourire cette bonne madame Picard, qui, loin de s'enorgueillir de ce grand train de maison, en était souvent importunée.

Cependant Blanche et sa mère se plaisaient à se retrouver seules dans les serres

remplies de fleurs aux formes, aux couleurs et aux parfums les plus rares.

Depuis la nouvelle situation du banquier,
un second hiver commençait.

Tous les travaux terminés (on avait tra-
vaillé jour et nuit), l'argenterie, la verrerie,
le linge de table achetés, la cave montée par
les soins du baron, Alexandre déclara
qu'il était en mesure de donner à dîner à
vingt-cinq ou trente personnes.

Il ne s'agissait plus que de trouver des
convives.

Tout le *parquet* eût accepté l'invitation de
Picard. Ce financier heureux, faisant chaque

jour de grosses affaires, était aimé à la
Bourse ; mais chacun veut surfaire sa position sociale, et Picard lui-même, cet homme
simple, modeste, se laissait aller à penser
que, dans un si splendide hôtel, il ne devait
recevoir que de grands noms, des célébrités, ce qu'on appelle le beau monde.

Cependant il invita d'abord ses collègues
des divers conseils d'administration dont il
était membre.

Le comte de la Roserie, le baron de Longueville et le docteur Burdin lui-même furent inscrits les premiers sur la liste.

Pour donner de l'éclat à ce personnel de
convives, Picard eut la pensée de consulter

le *répertoire* où figuraient tous ceux qui recevaient de sa maison des actions au pair dans toutes ses entreprises.

On voyait là des gens de tous rangs, de toutes conditions. Mais dans cette foule de courtisans de la fortune, les uns étaient trop peu importants, les autres trop haut placés.

Picard regretta ce jour-là d'avoir rompu avec le comte de Rhétorière, homme considérable et considéré. On eut donc grand-peine à trouver un brillant personnel qui voulût bien essuyer les plâtres de cette fortune et de ce luxe improvisés.

— Je peux, dit à Picard le baron de

Longueville, te trouver un convive qui te fera honneur. Je connais un vieux général de l'empire, le général Crouart... dont tu as dû entendre parler... Il cherche à emprunter une somme de vingt-cinq mille francs; prête-la-lui, c'est un galant homme, il te remboursera ; il viendra te faire visite, tu l'inviteras, et tu auras ainsi à ta table un général célèbre, avec son grand cordon de la Légion d'Honneur.

On eut le général et son grand cordon. Le baron de Longueville parvint en outre à recruter deux princes italiens, un grand seigneur hongrois et un comte polonais, tous réfugiés.

On eût voulu pouvoir, même à prix d'argent, convertir pour la circonstance de bons roturiers en mauvais gentilshommes.

On parvint cependant à raccoler vingt-cinq convives.

Chargé de régler le cérémonial du dîner et d'en composer le menu, Alexandre fit des merveilles. La carte imprimée sur vélin, entourée de filets d'or, et que nous donnons ici, excita surtout l'admiration du baron ; elle mérite d'être citée.

La table était garnie de fleurs, à la Louis XIV.

Les hors-d'œuvre variés, parmi lesquels s'élevait un édifice de crevettes à la Joinville, offraient le tableau le plus pittoresque.

4 POTAGES.

Le potage à la tortue, — le colbert à la royale, — la bisque d'écrevisses, — le potage à la Bagration.

4 HORS-D'OEUVRE CHAUDS.

Les kramousky, — les boudins à la Richelieu, — les côtelettes de homard à la Victoria, — les rissoles à la d'Orléans.

4 RELEVÉS.

Le turbot garni d'éperlans frits, sauce homard et sauce crème (pommes de terre à la duchesse).

La carpe du Rhin à la Dusseldorff.

Le filet de bœuf à la dona Maria, sauce malvoisie.

Les poulardes historiées à la Régence.

8 ENTRÉES.

Les cailles à la Lucullus.

Les laitances de carpes à la Stuart.

Les filets de perdreaux rouges à la Penthièvre.

Les côtelettes de chevreuil à la Condé.

Les mauviettes désossées à la Sainte-Isabelle.

Les suprêmes de *poulets Reine* bigarrés écarlate, aux truffes.

Le pâté de foie gras à la Bonaparte.

Les paupiettes de veau à la Demidoff.

Sorbets ananas au champagne — Sorbets mous-
seux au kirsch.

ROTS.

Les faisans truffés à la Sainte-Alliance.

Les merles de Corse et les gélinottes.

(Ortolans en litières.)

La truite du lac de Genève au bleu, sauce
verte.

Les bartavelles des Alpes sur piédestal.

Les truffes du Périgord au vin de Champagne.

Les écrevisses de Wurtemberg au vin de
Sillery.

Salade à l'anglaise. — Salade à la française.

I.   19

ENTREMETS.

Les asperges de Paris, sauce blanche.

La timbale de fruits à l'impératrice.

La suédoise de pommes à la Bernadotte.

La Madeleine sur socle à l'impériale.

Les fonds d'artichauts farcis à la dauphine.

Les pêches à la vénitienne.

La plombière à la Clermont-Ferrand.

Le parfait moyen âge.

Les pièces de pâtisseries.

La mousse suisse. — La cascade italienne.

DESSERT.

Fruits divers, compotes et bonbons.

Les ananas sur pied.

Les arbres fruitiers.

Les ceps de vigne.

Les vins du baron de Longueville eurent un grand succès.

L'éclat des lumières, les brillants reflets d'une riche argenterie tempérés par la couleur douce des fleurs les plus rares, faisaient de cette table somptueuse un spectacle royal.

Alexandre cachait les joies de son orgueil sous un masque sérieux, modeste, et point affairé.

Ce jour-là, — grand début du banquier dans une grande existence, — les convives ne commencèrent à arriver que vers sept heures et demie.

Le comte de la Roserie fit sensation par son élégance, par sa mise recherchée; il

avait pu prendre, dès l'enfance, des airs
riches, et même des airs nobles.

Il fut présenté à madame Picard et à
Blanche, dont la beauté, l'air simple, modeste et distingué, furent remarqués, surtout du jeune comte. Madame Picard avait
été presque contrainte de se parer des diamants qui lui venaient de la tendresse plus
généreuse que fidèle de son mari.

Anatole resta auprès de sa sœur avant
et après le dîner, pour l'aider à cacher, au
milieu de ce monde si nouveau pour elle,
sa tristesse et son embarras. Elle répondit
peu et mal aux attentions empressées du
comte de la Roserie, très en faveur cependant auprès de Picard.

Pendant le dîner, assez silencieux entre convives de toutes les paroisses, le baron de Longueville but tour à tour, avec chacun, des verres de vin de Champagne, de vin de Bordeaux, de vin du Rhin, cachet bleu; mais, pour ajouter aux semblants de ses belles manières et de sa distinction, il chargeait Alexandre de porter, même à ses voisins, ces paroles respectueuses :

« Monsieur le baron vous prie de lui faire l'honneur de boire avec lui. »

Un de ceux qui lui touchaient le coude, et qui traitait le baron comme le traitait le journaliste, fort étonné de ces paroles que lui portait Alexandre, ne put s'empêcher d'en rire.

— Imbécile, dit-il au baron, pourquoi ne fais-tu pas tes commissions toi-même?

Le premier dîner donné par Picard fit un certain bruit dans la jeune finance, c'est-à-dire parmi les intrépides joueurs récemment enrichis à la hausse.

Un de ces boute-en-train, ami intime de tout le monde et surtout des grands faiseurs, blessé de n'avoir pas été de ce premier dîner, imagina de donner au banquier oublieux une leçon de politesse et une preuve de dévouement; il organisa en l'honneur de Picard un *pique-nique*.

Il put facilement recruter, à cette occasion, tous ces jeunes gens à la mode et titrés qui protégent la finance de leur amitié, et que la finance protége de ses généreuses faveurs.

Picard accepta.

Le banquier fut, comme toujours, escorté par son aide de camp le baron de Longueville.

Le dîner eut lieu aux Frères Provençaux, à cent francs par tête sans le vin.

Il était convenu qu'on mettrait de côté toute cérémonie, que le baron inviterait quelques-unes *de ces dames* les plus gaies et les plus excentriques.

On ne voulait pas éblouir Picard, on tenait à l'égayer, à l'amuser.

Chacun apporta de sa cave les vins les
plus fins, les plus vieux et des meilleures
années.

Avant que le dîner fût servi, ces dames
et quelques-uns de ces messieurs donnèrent
à Picard un échantillon de la danse écheve-
lée du Château-des-Fleurs et de Mabille.

Ce début, avant le potage, promettait
pour le dessert.

On se mit à table. Comme à un bal masqué
de l'Opéra, une nuit de mardi gras, on s'a-
postropha bientôt, d'un bout de la nappe à

l'autre, des épithètes les plus gaies et des sobriquets les plus inattendus ; ces dames se mirent de la partie, ne manquèrent point de verve et ne furent point à court d'effrontés propos.

On interrogeait souvent la physionomie de Picard, pour s'assurer qu'il prenait plaisir à cette bruyante gaieté.

Isocrate a raison d'appeler l'intempérance et la folie les compagnes inséparables des riches.

Il y eut dans tout ce monde qui ne reculait pas devant une orgie, émulation à vider les verres. Picard lui-même fut contraint par l'exemple de sortir de ses habitudes de sobriété.

Pas une de ces dames qui ne cherchât à lui plaire et à se faire remarquer de lui en le faisant rire.

Les plus singuliers paris furent proposés. Un des convives paria qu'il danserait sur la table surchargée de verrerie, de bouteilles, d'argenterie, de réchauds et de mets, sans rien briser, sans dégâts.

Il exécuta cette danse périlleuse avec succès, en parcourant la table dans sa circonférence et dans tous les sens, aux grands éclats de rire et aux applaudissements de tous les convives.

Le pari fut gagné ; il était de cent louis.

Une de ces dames aux pieds mignons,

finement chaussée, relevant ses jupes jusqu'au-dessus de la cheville, sauta sur la
table, légère comme un oiseau, et répéta
cette scène de danse et de pantomime avec
beaucoup de grâce et de gentillesse.

Tant que dura cet exercice, elle livra aux
regards indiscrets la jambe la mieux dessi-
née, une jambe dont un bas de soie blanc
bien tiré n'altérait ni les lignes élégantes ni
les gracieux contours.

— Moi aussi, dit-elle, j'ai gagné mon
pari de cent louis !

— Il a été tenu, madame, répondit avec
empressement Picard, et je suis votre débi-
teur...

— Picard, répliqua-t-elle en se jetant à son cou, je t'embrasse et je te bénis! Ces cent louis-là me serviront à ne pas payer mes créanciers et à m'acheter des chapeaux et des dentelles chez les marchands qui ont le bon sens de ne pas me faire crédit.

— J'irai chez vous demain, lui dit à l'oreille le banquier généreux... J'irai, si vous le permettez, régler nos comptes.

— Venez à quatre heures, je serai seule et je défendrai ma porte.

Cette bonne fortune de la dame au pari excita la jalousie de ses compagnes.

— Tais-toi, répliqua l'une d'elles, tu te

vantes d'avoir des dettes ? Tu écris ta dépense!
Après-demain, de bonne heure, tu courras
chez ton agent de change pour qu'il t'achète
avec tes cent louis des brinborions d'*actions*,
d'*obligations*, ou de 3 pour 100.

—Eh bien, et toi? le gargotier qui est ton
amant ne te place-t-il pas cent francs par
mois, sous ton nom, à la caisse d'épargne!
C'est donc *comme il faut?*

Les cris, les vociférations, les chants les
plus discordants, succédèrent aux person-
nalités et aux éclats de rire.

Au rôti, ces messieurs et ces dames fu-
maient déjà. Cet étourdissant tapage et les
nuages de fumée de tabac ajoutaient encore.

à l'ivresse causée par le plus fréquent mé-
lange des vins blancs et des vins rouges.

Plus d'une bouteille, plus d'un verre vo-
lèrent en éclats. Chacun quitta sa place.

Ce désordre de la salle à manger obligea
tout le monde à passer dans un salon, où les
danses les plus fantastiques recommencèrent
au son d'un piano violemment tapoté.

Bientôt un secret se dit à l'oreille; on le
fit circuler, en évitant surtout qu'il fût entendu de Picard.

On venait d'apprendre que, tandis que le
père riait de toutes ces folies, et prenait un
rendez-vous peu mystérieux avec la jambe

fine et le pied bien chaussé, le fils faisait des siennes dans un cabinet voisin, en tête-à-tête avec la Cardoville !

Dans cette orgie à laquelle il s'était laissé entraîner, notre banquier devenu grand seigneur put faire, du moins, de nouvelles connaissances, de nouvelles recrues pour ses dîners et pour ses bals, parmi les convives les plus présentables et les mieux placés.

Les plus intelligents manéges, les plus habiles obsessions, entraînèrent bientôt à de nouvelles folies les millions de ce banquier, si vite et si facilement enrichi.

On décida Picard à acheter une terre de deux millions, avec château, avec bois, avec

chasse, avec étangs, avec fermes; on fit son-
ner bien haut les revenus exagérés de deux
ou trois fermes contiguës; mais cette pro-
priété, qu'on appelait le château de Fer-
mon, n'offrait guère d'autre avantage qu'une
habitation splendide.

Les châteaux ne sont plus de notre temps.
Il faut une société nombreuse et choisie
pour égayer dans de vastes salons les réunions du soir. Il n'y a plus de riches aujour-
d'hui, c'est-à-dire il n'y a plus d'oisifs vivant
uniquement de leurs revenus.

Derrière l'homme riche qu'on peut citer,
vous ne trouvez le plus souvent qu'un in-
dustriel habile, heureux, mais surmené par
les affaires.

Tout le monde est lié, garrotté dans le cercle de ses spéculations, de ses entreprises; notre société laborieuse et cupide n'a pas de loisirs.

Le nouveau grand seigneur n'allait trouver que le vide et l'isolement dans son château, qui n'était cependant situé qu'à douze lieues de Paris.

Bons lits, bonne table, nombreux domestiques, pêche, chasse, feux d'artifice, rien ne manquait à cette hospitalité pleine de magnificence; malgré tout, ce n'étaient pas les invités qui remerciaient leur hôte de ses princières réceptions; c'était l'hôte lui-même qui remerciait les invités de leur présence, comme d'un grand service.

On comptait sur vingt ou trente personnes, et souvent on n'en voyait arriver
que dix à douze, parmi lesquelles figuraient
les familiers de la maison.

Sans l'active intervention du baron de
Longueville, le château n'eût été qu'une
maison de retraite, un désert. On était
souvent réduit à faire appel aux voisins
qu'on ne connaissait guère, pour simuler
une compagnie d'amis intimes.

Cette espèce de solitude plaisait plus à
madame Picard et à Blanche, qu'une cohue
de gens prétentieux qui auraient pu rire de
tant de luxe et de vanité.

Les invités faisant défaut aux grands

dîners de la ville comme aux parties de
chasse, on décida d'organiser des bals auxquels on inviterait tout Paris ; mais un
plus dispendieux projet fut d'abord arrêté.
On fit tant que Picard se laissa entraîner
jusqu'à l'orgueil de former, dans son hôtel,
une vaste galerie de tableaux.

C'était, comme nous allons le voir,
mettre la caisse de Picard au pillage ; c'était
donner la clef de cette caisse aux experts,
aux courtiers, aux connaisseurs, aux amateurs, aux barbouilleurs, aux fureteurs, aux
tripotiers en peinture.

IX

IX

**Une galerie de tableaux. — Nouveaux projets
de mariage.**

On conduisit d'abord Picard chez un marchand de tableaux faisant le commerce
en chambre, assez connaisseur, assez savant, assez habile pour tromper tout le
monde et ne se laisser tromper par personne. Il savait découvrir et acheter à bon

marché des tableaux de maîtres d'une certaine qualité et d'une assez bonne conservation.

En recevant chez lui Picard, il crut y voir entrer la fortune. Le point important était de conquérir sa confiance dans une première affaire ; il s'agissait de le faire mordre à la grappe. Voici la comédie que le marchand imagina :

Dans un des coins du salon de ce madré brocanteur, était placée, sur un chevalet, une très-belle esquisse de Rubens, d'une composition des plus poétiques et de la plus belle couleur. Ce tableau séduisait à la première vue : il attira les regards et excita l'admiration de Picard.

Le marchand semblait ne point partager cette admiration; il traita cette œuvre de petite dimension avec un apparent dédain.

— Je vous la laisserai, dit-il, à bon marché : prenez-la pour cinq cents francs !

Ce fut la seule acquisition que fit Picard dans cette première visite.

Le lendemain, le riche banquier, affichant déjà des prétentions d'amateur expert, eut la curiosité de recueillir les opinions des allants et venants sur le choix qu'il avait fait : chacun d'exalter le mérite de cette composition, qui réunissait toutes les plus brillantes qualités du maître !

On n'estima pas à moins de douze à quinze

mille francs la valeur de cette ébauche très-
étudiée du chef illustre de l'école flamande.

La vanité des amateurs de peinture se
révèle sous deux formes différentes.

Celui-ci vous dit, avec la vanité du riche :

— Regardez ce tableau : quelle belle chose !
je l'ai payé soixante mille francs.

Celui-là vous dit, avec la vanité du connaisseur :

— Regardez ce tableau : c'est un chef-
d'œuvre ! je l'ai eu pour rien.

Picard se gaudissait surtout d'avoir su,

bien mieux qu'un marchand, apprécier les qualités de cette toile; il se réjouissait de n'avoir payé que cinq cents francs une œuvre qui en valait quinze à vingt mille.

La ruse du marchand eut un plein succès: il avait consenti sciemment à se laisser tromper d'abord, par un millionnaire, afin d'avoir le droit et l'occasion de le duper un peu plus tard, à beaux deniers comptants. Ce n'était pas acheter trop cher une si rare clientèle, que de la payer d'une perte provisoire de dix à douze mille francs.

On s'empressa d'étaler l'ébauche de Rubens sur les murs de *la galerie Picard*.

Cette galerie ne tarda pas à s'encombrer

de tableaux de toutes les dimensions, de tous les maîtres : copies ou originaux plus ou moins bien conservés ou restaurés, purs ou avec retouches, repeints, nettoyés, vernis de la veille; quelquefois même on lui apportait des toiles encore toutes couvertes de poussière : on tenait à lui prouver que ces chefs-d'œuvre lui étaient livrés *tels quels*, sans réparation et sans artifice.

Chaque tableau était accompagné de sa notice historique : l'un provenait d'une vente célèbre; l'autre de la succession d'une grande famille. Celui-ci avait été trouvé au fond d'une province, chez des gens qui n'en connaissaient pas le prix; quant à cette toile d'une si grande valeur, c'est en la nettoyant qu'on avait découvert un chef-d'œuvre sous une peinture des plus vulgaires. Comme preuves à l'appui de chaque notice, on démontrait victorieusement que le bois, la toile et le cadre étaient bien du temps du maître!

Que de contes on inventa pour expliquer par quelle heureuse succession d'événements, des œuvres rares qu'on vantait outre mesure se trouvaient à vendre et subissaient la honte d'être jetées dans le commerce!

Un tableau reçoit en effet un certain lustre et souvent une plus-value, du nom plus ou moins célèbre de l'amateur qui le possède ou qui l'a possédé.

La passion pour la peinture est une des plus ardentes passions de l'esprit et je dirai

même du cœur humain ; admirez ou criti-
quez l'œuvre d'un maître dont un amateur
raffole : votre admiration lui cause la joie la
plus vive ; votre critique n'excite que son
mépris et sa colère.

On réussit à communiquer à Picard cette
fiévreuse passion, qui chez lui se révélait
par les plus folles dépenses. Il entreprit plus
d'un voyage, pour voir et juger lui-même
quelque prétendu chef d'œuvre égaré dans
le triste logis d'une famille pauvre.

On lui recommandait surtout de ne regarder le tableau qu'à la dérobée, sans en avoir
l'air, de peur de provoquer ou d'encourager
les prétentions cupides de ces pauvres diables. On trouvait à cette mystérieuse visite

un prétexte plus ou moins vraisemblable ;
très-souvent, le tableau, enfumé à dessein,
n'avait été apporté là que la veille, à l'intention du visiteur du lendemain ! En pareil cas,
tout le monde jouait la comédie, l'acheteur
et le prétendu propriétaire du tableau : à tous
deux on avait fait la leçon, à l'un pour qu'il
sût acheter à bon marché ; à l'autre pour
qu'il sût vendre cher ; il lui fallait remplir
cette dernière condition pour recevoir le
salaire promis.

Il arrivait souvent à Picard d'être accosté
à la Bourse, dans la rue, et de s'entendre
dire à l'oreille :

— Je sais une chose admirable qu'on
pourrait peut-être avoir pour rien ; ne le

dites à personne, et, si vous le voulez, j'irai vous prendre demain matin ; nous irons voir cela ensemble.

Tantôt il s'agissait d'un magnifique Greuze ; tantôt d'un beau Murillo, d'un Watteau inconnu, ou même d'un splendide Rubens.

Le banquier était obligeant et généreux : on le dupa plus d'une fois, et facilement, avec le prétexte de rendre un important service, de faire une bonne action.

On venait lui dire :

— Un commerçant, un homme qui est dans les affaires, et qui ne veut pas être

nommé, se trouve fort gêné pour ses paye-
ments de la fin du mois; il possède une collection très-précieuse : prêtez-lui cinquante
ou soixante mille francs sur cette valeur, sur
cette garantie : vous recevrez ses tableaux
en dépôt, et vous ne les lui rendrez qu'après
remboursement.

On ne remboursait pas, on ne remboursait jamais, et l'on avait ainsi vendu cinquante ou soixante mille francs des toiles
qui n'en valaient pas vingt mille!

On poussait Picard vers l'école italienne.

Dieu sait de combien de faux Raphaël,
de faux Véronèse, de faux Titien, de faux
Corrége, de faux Léonard de Vinci, l'Europe
tout entière est encombrée !

C'est surtout avec les grandes écoles
d'Italie que se fait sur une vaste échelle
l'agio en peinture. On sait que les copies
des plus belles œuvres abondaient déjà du
temps des maîtres et se brossaient même
dans le voisinage de leurs ateliers. De nos
jours encore, des copies des chefs d'école
les plus recherchés se font à l'entreprise.

On adressait à Picard des mémoires, des
factums, des notes diplomatiques, pour bien
démontrer à l'amateur novice que la toile
copiée qu'on voulait lui vendre n'avait rien
qui pût la faire soupçonner d'être une copie.

De temps en temps, toutefois, le marchand
chez lequel Picard avait fait sa première acquisition prenait le soin de lui trouver une

œuvre remarquable, et même il la lui cédait à bon marché. Ce fut ainsi qu'il parvint à conserver presque exclusivement la clientèle du banquier, et qu'il put gagner avec lui plus d'un million.

Cependant Picard ne manquait pas d'une certaine intelligence. On devient connaisseur, expert en peinture, à force de voir des tableaux. Après avoir visité tous nos musées, toutes les collections particulières, et suivi les ventes publiques les plus importantes, Picard finit par tirer profit de son ruineux et long apprentissage. Il se laissa duper moins facilement, et plus d'une fois il déconcerta brutalement les brocanteurs et les coquins.

Un prétendu prince italien vint un jour

lui présenter un Corrége dont il ne se sépa-
rait qu'avec douleur et dans un grand besoin
d'argent!

— Je ne vous en demande que soixante-
quinze mille francs, dit-il à Picard... mais à
la condition qu'il me sera permis de venir
contempler tous les jours mon beau Corrége
dans votre galerie !

— Je vous offre de votre Corrége quarante francs, avec le cadre... répondit Picard, mais à la condition que vous ne met-
trez jamais le pied dans ma galerie.

— Eh bien! répliqua avec empressement
le prétendu prince italien, mon tableau est
à vous... c'est une affaire faite!

Le millionnaire déjà blasé trouvait du moins quelques distractions dans les soins plus ou moins heureux qu'il donnait à sa galerie. Il dut s'occuper de faire rédiger un catalogue, de faire imprimer un livret, de faire graver des *billets d'entrée*.

Pas un étranger de distinction ne venait à Paris sans visiter la galerie Picard, qu'on *expurgeait* peu à peu des toiles par trop ridicules.

Ces visites lui valurent d'honorables relations.

Malheureusement, les nombreux fripons qui exploitèrent l'inexpérience de ce nouvel amateur avaient pris soin de le détourner du

goût des œuvres modernes. Si Picard eût
visité les ateliers de nos artistes et leur eût
fait des commandes, il n'eût point été grugé
et dupé par tout ce vilain monde. Mécène
généreux, il se fût rendu populaire auprès
de notre jeune et brillante école française,
qui compte dans ses rangs des Couture, des
Decamps, des Meissonnier, des Rousseau,
des Troyon, des Flandin, des Eugène Dela-
croix.

Prenant toutes les habitudes des mania-
ques en peinture, Picard trouvait moyen
de créer des occupations à ses nombreux domestiques : chaque jour ils avaient à changer de place les tableaux de sa galerie.

Cependant, comme au milieu de cet immense gâchis de toiles sans valeur, brillaient quelques œuvres estimables, de jeunes artistes, hommes et femmes, sollicitaient et obtenaient la faveur de venir prendre des copies.

Picard ne s'avouait pas à lui-même qu'on l'avait bien souvent trompé : en voyant plus d'un chevalet dressé pour des études, en se rappelant sans cesse son fameux Rubens de cinq cents francs qui en valait quinze mille, il donnait proportionnellement à chacun de ses tableaux la même plus-value, et alors il lui semblait que sa collection représentait au moins un capital de dix à douze millions. Il la faisait même figurer, pour cette somme, dans tous ses inventaires, estimant d'ailleurs que tout tableau provenant de la galerie Pi-

card empruntait à cette origine une grandis-
sime valeur ; chez ce digne homme, l'amateur de peinture, comme le financier, avait
ses faiblesses et ses enivrements.

Depuis les révolutions successives et pro-
fondes qui s'étaient accomplies dans la maison Picard, les deux époux, sans qu'aucune
froideur apparente les éloignât l'un de l'autre, semblaient éviter les entretiens, les
épanchements où l'esprit et le cœur parlent
tout haut ; ils sentaient que la richesse, le
luxe, le faste de leur maison inspiraient à
chacun d'eux des idées et des sentiments
bien différents.

Un peu étonné de son opulence, Picard
en était fier, surtout parce quelle lui pa-

raissait une preuve de son intelligence des affaires, de sa haute capacité en finances.

A chaque nouveau million qu'il gagnait, il répétait avec orgueil à ses amis :

— Vous voyez que mes plans ont encore réussi et que j'ai encore eu raison !

Il aimait à dire qu'en s'enrichissant il enrichissait le pays, qu'en augmentant sa fortune privée il donnait un nouvel essor au crédit public, un nouvel élément à la fortune de la France. Personne ne s'avisait de le contredire; on lui répondait chaque jour :

— Que n'êtes-vous ministre des finances ! nos budgets n'auraient que des excédants de recette.

En sa qualité de maire de la commune
où était situé son château, Picard fut
nommé chevalier de la Légion d'Honneur ;
ses nombreuses relations, pour des emprunts, avec diverses chancelleries, lui valurent plus d'une décoration en sautoir, plus
d'une plaque sur la poitrine et plus d'un
grand cordon.

Tant de flatteries, tant de cajoleries, tant
de distinctions, n'étaient pas reçues par
Picard avec la vaniteuse ostentation d'un
sot, mais avec une secrète satisfaction
d'amour-propre qu'il ne parvenait pas toujours à bien cacher. Il éprouvait surtout une
certaine joie en songeant que la maison Picard se plaçait par ses capitaux, par son crédit, par ses colossales entreprises, à la

tête des premières maisons de banque.

L'ancien commis d'une maison d'épicerie en gros de la rue de la Verrerie, l'ancien courtier marron se laissait dire sans en être blessé le moins du monde et sans penser à faire taire les gens :

— Vous êtes un homme de génie! si les grands capitaines sauvegardent le drapeau de la France; si les grands poëtes et les grands écrivains illustrent leur pays, les grands financiers l'enrichissent! Vous ne devez votre position à aucune intrigue, à aucune protection; vous êtes l'artisan de votre fortune et de votre gloire : le gouvernement devrait vous combler d'honneurs.

Madame Picard jugeait les choses tout autrement : elle regardait les heureuses spéculations de son mari comme des parties de
jeu, où l'on ne gagne qu'à force d'audace et
d'imprudence. Tant que la fortune vient
vous sourire, on étonne la galerie par des
coups de dé miraculeux qui vous enrichissent ; quand elle vous tourne le dos, on
reste confondu de la ténacité des mauvaises
chances qui vous ruinent.

Constance, qui ne partageait pas les enivrements de son mari, qui n'était point ex-
posée comme lui à de continuelles surexci-
tations d'orgueil, s'affligeait surtout de le
voir entouré de flatteurs, de faux amis, d'intrigants, d'hommes dangereux qui semblaient avoir toute sa confiance.

Ledain lui faisait peur ; elle s'effrayait de son zèle, de sa passion pour le travail, de ses ostentations de dévouement.

Toutes les ruses ourdies contre Picard pour le duper, tous les piéges tendus à sa bonne foi, à son bon cœur, ne pouvaient échapper à la tendresse, à la pénétration de Constance ; elle comprenait que dans ce milieu où il vivait, les idées, les sentiments de Picard ne pouvaient plus être ce qu'ils étaient autrefois, dans la vie modeste, dans le bonheur ignoré qu'elle regrettait.

Le mariage de Blanche était pour les deux époux une vive préoccupation ; mais c'était à qui des deux n'aborderait pas un pareil sujet ; ils pressentaient qu'ils ne s'entendraient plus sur ce grand intérêt, de famille.

Une occasion se présenta naturellement
de décider de cette grave affaire.

Picard dit à sa femme qu'il ne pouvait
point laisser passer l'hiver sans donner un
grand bal, et qu'il fallait se préoccuper des
invitations.

— Je t'en demanderai une, dit Constance,
pour le jeune de Rhétorière ; il s'est toujours
conduit vis-à-vis de nous en galant homme,
il t'a même rendu des services dans ton
ancienne maison de banque ; lui et son
oncle le général, tu les as bien durement
traités !

— Je consens à inviter le jeune de Rhéto-

rière; mais je ne veux pas plus longtemps
te laisser ignorer, mes intentions et mes projets. Il faut penser à marier Blanche. Elle est
charmante ; elle est bien élevée, grâce à tes
soins ; je peux lui donner pour dot un million ; il faut donc lui trouver un mari digne
d'elle, digne de nous, et j'en ai déjà choisi
un. Par le titre et par le nom qu'il porte, par
sa fortune personnelle, par son âge, par sa
haute distinction, par son active et louable
intervention dans toutes les grandes affaires,
il doit l'emporter sur tout autre prétendant.
M. le comte de la Roserie est un gendre
qui ne peut manquer de te convenir. C'est
un mari qui doit plaire à Blanche ; j'ai, toutefois, remarqué que lorsque nous avons
reçu M. le comte de la Roserie, Blanche ne
lui faisait guère bonne mine. J'espère qu'elle

finira par comprendre que notre nouvelle
situation m'impose des devoirs ; elle sen-
tira que je ne dois chercher un gendre que
dans notre monde.

— Adolphe, reprit Constance, tu aimes ta
fille, tu veux qu'elle soit heureuse : tu dois
tenir à savoir ce qu'elle pense et ce qu'elle
désire.

Nous avons élevé Blanche dans les idées
de la plus sévère économie, de la plus
grande simplicité ; nous lui avons fait voir
qu'il n'y avait de bonheur que dans la vie
de famille ; nos leçons et nos exemples n'ont
que trop fructifié dans son cœur. Tu veux
aujourd'hui plier cette jeune tige en sens
contraire ; tu veux qu'elle se plaise au

milieu d'un monde qu'elle ne connaît point
et qui n'aime que le luxe et l'éclat; tu veux
étouffer dans son âme un sentiment qui
a d'abord obtenu plus que ton pardon;
tu veux remplacer une affection déjà ancienne par des goûts nouveaux et des entraînements qu'elle ne partage pas!

Blanche, pas plus que moi, ne s'est laissé
séduire par notre nouvel état de fortune;
elle regrette les jours tranquilles où nous
ne vivions qu'entre nous et pour nous; elle
ne désire pas le moins du monde de s'entendre appeler comtesse. Tu connais sa
douceur, sa respectueuse docilité; mais je
la crois capable d'avoir une volonté : celle
de ne jamais épouser M. le comte de la
Roserie. Le premier amour d'un jeune

I.   22

cœur est résolu, courageux, persévérant;
je m'en souviens encore... moi aussi l'on
m'eût jetée dans un cruel désespoir, et
je me serais condamnée au rôle de vieille
fille, si l'on eût apporté, il y a vingt-cinq
ans, des obstacles à notre union. Ce n'est
qu'avec l'âge, avec les années et l'expérience
que les femmes se résignent sans se plaindre aux plus douloureux sacrifices.

Je n'exagère rien; Blanche confie à ma
tendresse de mère ses plus secrètes pensées,
ses plus tendres sentiments; elle est triste,
languissante; elle n'a plus le rire charmant
de la santé de la jeunesse, depuis que
M. de Rhétorière est banni de cette maison.
Pendant plusieurs années, elle a vu tous
les jours M. de Rhétorière; les manières

simples, les paroles honnêtes, les bons sentiments de ce jeune homme, l'avaient tou-
chée ; son respectueux et sincère attachement lui avait inspiré plus que de la confiance.

Elle n'a aperçu, au contraire, qu'une ou
deux fois M. le comte de la Roserie; la position, l'élégance, les façons de grand seigneur
d'un homme qui est né dans l'opulence l'in-
timident, lui inspirent une certaine défiance
d'elle-même ; elle se dit : « Ce mari-là me
traitera de petite bourgeoise ; pour lui plaire,
il faudra me refaire, me transformer, devenir tout autre que je ne suis, et je ne me
sens pas le courage de tâcher d'y réussir. »
D'un côté, tu le vois, il y va du bonheur de
ta fille ; de l'autre, je sais reconnaître que

la volonté du père de famille doit être res-
pectée.

— Tous mes nouveaux amis s'accordent
à voir, dans le mariage de Blanche avec le
comte de la Roserie, une union des plus
convenables : naissance, jeunesse, fortune,
tout s'y trouve. Et puis, ce jeune homme
servira puissamment, par sa capacité, nos
vues et nos intérêts dans toutes les grandes
affaires. M. le comte de la Roserie me sup-
pléera, et allégera pour moi le fardeau du
travail et de la responsabilité. Blanche ne
peut manquer de tenir compte de toutes
ces excellentes raisons; elle se fera, je l'espère, un devoir de m'éviter des inquiétudes, des ennuis, de vives contrariétés.
M. le comte de la Roserie m'a demandé sa

main : nos amis communs et moi, nous
n'avons pas hésité à lui faire pressentir mon
consentement, le tien et celui de Blanche.

— Une seule chose m'importe beaucoup,
mon ami, c'est de ne pas mourir sans avoir
vu ma fille mariée... et heureuse.

— Que parles-tu de mourir? d'où te viennent ces tristes pensées? ajouta Picard, en
embrassant affectueusement sa femme.

— Si je n'étais plus là, dit-elle, pour consoler Blanche, la pauvre enfant s'éteindrait
dans la souffrance et le chagrin.

Des larmes coulèrent des yeux de Constance, qui regrettait déjà d'avoir laissé de-

viner ces idées de mort prochaine qu'elle
cachait depuis longtemps comme un secret.

Cette scène si pénible pour le mari et
pour la femme fut heureusement interrompue par l'arrivée inattendue du baron de
Longueville ; il entrait sans se faire annoncer.

Ce plaisant personnage, qui, dans son
égoïsme sensuel, n'avait d'autre préoccupation que le soin de ses plaisirs, venait dire à
Picard qu'on ne parlait à la Bourse que du
grand bal qu'il allait donner : tout le monde
lui demandait des invitations !

— Le dix-neuvième siècle adore l'argent,
et comme tu es du petit nombre de ceux qui
en ont beaucoup, on t'aime, on te vante, on

cherche à te plaire, on est fier d'être distingué et invité par toi. J'ai vu le général auquel tu as prêté vingt-cinq mille francs, et qui, par parenthèse, compte te les rendre prochainement. Il tient un peu au faubourg Saint-Germain; je lui ai parlé de ton bal : je lui remettrai des invitations pour quelques femmes du grand monde qu'il me désignera, fort désireuses d'ailleurs de connaître le célèbre financier Picard. Quelques comtesses, quelques marquises, dont les noms et les titres seront annoncés à haute voix, relèveront le gros de ta compagnie, où la finance ne tiendra que trop de place.

Constance, que le jargon du baron impatientait, quitta la place, laissant Picard tout entier au programme de la fête qu'il se croyait obligé de donner, et dont la seule pensée était pour elle un supplice.

Le baron, de sa propre autorité, sonna pour qu'on fît venir le contrôleur général Alexandre.

Alexandre, toujours empressé, toujours respectueux, ne se fit point attendre.

— Je me rends, dit-il, aux ordres de monsieur.

— Alexandre! s'écria le baron, à quel nombre de convives pouvez-vous donner à souper?

— Monsieur le baron, le nombre des convives ne m'embarrasse jamais; un dîner,

un souper, c'est comme une bataille : il faut
que le général en chef étudie d'abord le
terrain. Dans quelle salle à manger devrai-
je servir le souper?

— Il faudrait souper dans la galerie! répondit vivement le baron; tous les tableaux
seraient éclairés avec des réflecteurs; on
allumerait des milliers de bougies : on en
serait quitte pour faire un service de pom-
piers. Ce serait magnifique! on ne parlerait
plus que des bals de Picard, de son bon
goût, de sa magnificence, de son amour des
arts! N'oubliez pas, surtout, Alexandre, de
placer un suisse en grande livrée, avec une
hallebarde, à l'entrée principale de la salle à
manger et un second suisse à l'entrée des
salons.

— Je réponds de tout le service, monsieur le baron; quarante valets de pied en bas de soie blancs, quarante maîtres d'hôtel en grande tenue, l'épée au côté, manœuvreront sous mes ordres. J'estime même que plusieurs chasseurs, tout couverts d'or, doivent se tenir dans les antichambres. Il est bien entendu qu'outre l'orchestre du bal, un second orchestre est indispensable dans la salle du souper. Je compte placer dans des jardinières aux treillages dorés deux mille camélias sur pied.

Picard souriait à toute cette mise en scène pour laquelle le baron et le contrôleur général Alexandre luttaient de prodigalité et d'invention.

Un crédit sans limite fut ouvert à toutes les improvisations du baron et d'Alexandre.

Picard ne se doutait pas de toutes les déconvenues blessantes qui l'attendaient dans cette fête, dans cette réunion d'amis qui, pour la plupart, lui étaient inconnus!

FIN DU PREMIER VOLUME.

TABLE DES CHAPITRES

DU PREMIER VOLUME.

FIN DE LA TABLE DU PREMIER VOLUME.

UNE DOT

ET

DES ESPÉRANCES

ROMAN DE MŒURS

PAR LE Dr L. VÉRON

(OUVRAGE COMPLÈTEMENT INÉDIT)

EN VENTE

MÉMOIRES

D'UN

BOURGEOIS DE PARIS

PAR LE Dr L. VÉRON

5 VOLUMES IN-12 DE LA *BIBLIOTHÈQUE NOUVELLE*

(ÉDITION AUGMENTÉE ET CORRIGÉE PAR L'AUTEUR)

Les 5 volumes 5 francs

Cet Ouvrage a toujours été vendu 30 francs

Paris. — Imp. de Dr V. Donnaud, rue de Sainte-Croix